JN315415

書下ろし

ざまあみやがれ

仕込み正宗③

沖田正午

祥伝社文庫

目次

第一章　壱等賞金一万両

一

梅の木が紅白の花の蕾《つぼみ》をつけようかとする、春はまだ浅い日の朝――。

安永《あんえい》三年は睦月半《むつきなか》ば、江戸市中の主たる寺院神社の境内に、幕府が公示する高札が一斉に掲げられた。

その日の昼近く、藤十《とうじゆう》は本所松坂町《ほんじよまつざかちよう》の金貸し甚五郎《じんごろう》に呼ばれ、踏孔療治《とうこうりようち》を施《ほどこ》すために向かうところであった。

踏孔療治とは、藤十自らがつけた呼称であり、平たくいえば足で踏みつけて療治をする足力按摩《そくりきあんま》のことである。そこから自らを、踏孔師と称する。

気に入りの櫨染《はじぞめ》色の袷《あわせ》を着込み、肩に一本の足力杖《づえ》を担《かつ》いで両国橋《りようごくばし》の中ほどまで来たときのこと。冷たい川風にあたり、六尺近い大柄の体躯《たいく》を震わせながら歩く藤十の耳に、急ぎ足で追い越していく職人の声が聞こえてきた。

「回向院《えこういん》の境内《けいだい》によ、何かお触れが……」

耳にした職人の言葉はここまでだったが、そのとき、藤十にふと感じることがあった。

――きょうはやけに人の通りが多いな。

回向院の縁日ならば得心もできるが、普段の日に両国橋を往来する人の数が、いつもに倍して多くあった。

何があったかと、藤十の足も人の波に合わせるように速足となった。両国橋を渡りきり、東詰めから真っ直ぐ、門前町の参道を一町も行けば回向院につきあたる。

『浄土宗　国豊山《こくほうざん》回向院』と、銘板が掲げられた寺門の脇に人だかりがしている。藤十が近寄ると、ざわめく声となって聞こえてきた。

老若男女、武士と町人が雑多に交じり、一間ほどの高さに掲げられた高札を眺めている。

がやがやとした人混みを避け、後方から藤十が高札の文面を読もうとしたところで、背中をつっつく者がいた。

「なんですか？」

藤十が振り向くと、そこには左官道具を担ぎ、頭には豆絞りの手ぬぐいを巻いた五十と思《おぼ》しき職人の姿があった。首を傾げて、高札を眺めている。そして、札板に指先を向けて言った。

「あのう、なんて書いてあるんでしょうかね？」

職人は、高札に書いてある文字が読めずにいたのである。この場にいる町人のほとんどは、高札にある文面が理解できずにただ眺めているだけなのかもしれない。

だが、江戸っ子の意地からか、他人に音読を頼る者はほとんどいない。

「なるほど……」

などと言いながらも、顔色を変えずにしばらく立ち去らないのはその証《あか》しであるともいえた。

藤十は、なるべく多くの人の耳に届くように大きめの声を出して、高札の文面を読むことにした。

「なになに……？　へえー」

その前に、驚く顔をしてちょっとばかり職人を焦《じ》らす。

「ねえ、なんて書いてあるんですかい。もったいぶらずに、教えてくださいな」

周りに聞こえぬよう、職人は藤十をせっつく。その、困った様を見て楽しむ悪戯《いたずら》心が、藤十にはあった。

だが、職人はそうとは受け取らない。

「あっ、そうか。さしずめおめえも……」

字が読めねえのだなと、職人の蔑《さげす》む顔が向いた。

「そうではありませんよ。でしたら、これから読みますからいいですか？」

「ああ、早《はえ》えところ頼むよ。あっしも忙しいんだから」

藤十も、踏孔療治に行かなければならない約束の刻が近づいている。職人の相手をしているほどの閑《ひま》はなかった。

「では、一回しか読みませんからしっかり聞いててくださいよ」

「ええ、お願いしますよ」

「えーと。告、来る文月朔日《ふみづきさくじつ》より富籤《とみくじ》の……」

藤十は、声を張り上げて読みはじめた。そして、読んでいくうちに、声は徐々に上ずったものとなっていく。藤十自身が、驚きを感じていたからだ。

高札の文を要約すればこういうことである。

──およそ半年先の七月一日に、富籤を売り出すことにする。壱等の賞金は一万両数本。弐等の賞金は五千両数本、そして五等まで高額賞金を用意しているので、売り出されたら競って購入されたし。但《ただ》し、富札一枚二分とする。


「へえー、壱等一万両ですかい？」

藤十の周りにいた町人たちが、一斉に驚く声を上げた。やはり、高札の文が読めていなかったのかと藤十は思った。

「ええ、そのようですな。そうだ、まだ一行書いてあったな。えーと、詳しくはその段になってから告知することとする。寺社奉行」

高札は、寺社奉行からの触れであった。

「壱等一万両……」

方々で出る声が、どよめく高鳴りとなった。

「壱等一万両……壱等一万両……」

やがて、それは念仏のような唱和となって聞こえてきた。

賞金のほうだけに興が奔《はし》り、一枚二分という富札の代金を失念しているようだ。

「壱等一万両……壱等一万両……いっとういちまん……」

人々の、放心した姿を目にしながら藤十は回向院の門前から、そっと立ち去ることにした。

「壱等一万両……壱等一万両……」

藤十自身も、歩きながら呟《つぶや》くように唱《とな》えている。

「もし、一万両が当たったら……」

当選したらの使い道に心が馳《は》せて歩く藤十は、竪川《たてかわ》の堤《つつみ》に出ると道を曲がらず、一ツ目之橋を渡り対岸に来たところでようやく道の間違えに気がついた。

正午を報《しら》せる入江町《いりえちょう》の鐘が、竪川の水面を伝わって聞こえてくる。

「いけねえ……」

本所松坂町の金貸し甚五郎との、療治の約束は昼九ツである。その刻を告げる本撞《ほんつ》きを、藤十は、一ツ目之橋の南詰めで聞いた。

「遅かったねえ、藤十さん。あたしは約束の刻に遅れる人は、あまり信用しないようにしているのだが……」

藤十が息せき切って着いた早々、甚五郎は金貸しらしい文言で咎《とが》めを言った。

「いや、申しわけございませんでした」

忙しい商人相手に、遅刻はまずいと藤十自身常々心がけていることである。自分の非を全面に受け止め、藤十はただひたすら平謝りに謝った。

「まあ、今回だけは大目に見るとするが、藤十さんらしくないな。何かあったのかね？」

金貸し甚五郎は、その下膨れの頬を弛《ゆる》ませ、怪訝《けげん》げに訊《き》いた。

「いや、お恥ずかしい話でして……」

藤十は、回向院での高札のことと、それで道を間違えてしまったことをうな垂れながらも語った。壱等一万両に思いが馳せたところは、ことさら赤面する思いとなった。

「へえ、そうかね。壱等一万両ねえ……こいつは、忙しくなりそうだ」

あとの部分は、甚五郎の呟きともいえるほどの小さな声であった。

「何かおっしゃいましたか？」

藤十は、すべてが聞き取れず訊き返した。

「いや、なんでもない。それでは、按摩を頼むとするか」

言って甚五郎は、藤十に言われるまでもなく、蒲団《ふとん》の上でうつ伏せになった。

「それでは乗らせていただきます」

甚五郎の背中に、足力杖を両脇に挟みながら乗った。

藤十の目方はおよそ十五貫ある。そのくらいが踏孔療治にはちょうどいいとしている。

二本の足力杖は踏孔師にとってなくてはならない商売道具である。足力杖で脇下を支え、十五貫の重さを微妙な加減で調節する。

足力杖は、全長が四尺五寸ほどの樫《かし》の木を素材とした棒状にできていた。その片方に、仕込み刀の仕掛けが施されているのを、藤十の療治を受ける患者たちが知ることはない。

「どこか、こりでおつらいところはございますか?」

「いや、とくにはないが……」

うつ伏せになった顔を、蒲団からずらしながら甚五郎は言った。

甚五郎は五十歳に近いが、金満で太る体は齢には思えぬほど筋肉に張りがある。

「左様でございますか。それにしても立派な筋肉をおもちです。体もすこぶるご健康のようですし」

背中の壺を、足の指先で探りあてながら藤十は言った。

「これほどのご健康体でしたら、もう踏孔療治はよしたほうがよろしいでしょうな」

数が少なく貴重な顧客を一人減らすことになるが、藤十は正直に言う。

甚五郎の療治には、十日に一回ほどの割りで、この日が五回目の療治であった。端《はな》は、血の巡りが悪く筋肉に固さがあり、かなりこった個所もあったが、藤十の踏孔でもってそれもほぐされている。

必要外の踏孔療治はむしろ体には負担になってくる。それと、藤十の踏孔療治は一両と決まっている。かなりな高額であることから客層も限られるが、相手がたとえお大尽だとしても、無駄な負担のさせ方は、藤十にとっても引け目を感じるところであった。

「ああ、おかげさまでだいぶ体の調子がいいようだ。……ん？」

「いかがされましたか？」

藤十が、甚五郎の腰のあたりにある壺を一押しして、背中から降りようとしたところで、甚五郎は痛みを感じたか、しかめっ面《つら》をした。

「ちょっとそこ……」

「こちらですか？」

藤十が、左右の足の親指でこりこりと腰のあたりにある、胃兪《いゆ》という壺を圧《お》した。

「ああ、そこそこ。うーっ、痛《いた》きもちいい……」

「おや、ここが痛きもちいいと言われたのは初めてでございますね？」

「うん、以前まではなんともなかったのにな……」

「ほかはいかがです？」

藤十は、足を移動させながら周囲にある壺を幾個所か圧した。

「おお、そこもいいな」

気持ちよさそうな声を出して、顔をしかめている。

「ああ、痛いが気持ちよくてたまらん」

悦《えつ》に入《い》った甚五郎の声であった。

「左様ですか……」

藤十は、首を傾げながら甚五郎の言葉に応じた。

「それでは、仰向けになってくださいまし」

背中から降りた藤十は、甚五郎を仰向けに寝かせた。体の表側は、足で踏んでの療治は適《かな》わない。手の指での指圧となる。

藤十は、いきなり鳩尾《みぞおち》の中ほどにある巨闕《こけつ》、その下部にある中脘《ちゅうかん》、そして臍《へそ》の脇にある天枢《てんすう》という壺を、順を追って指で圧した。

ゲフッと、甚五郎の噯気《あいき》も漏《も》れる。

「このところ、食欲のほうはいかがですか？」

藤十は、別の壺を圧しながら訊いた。

「なんだかこのごろ食が進まんでな。それに、食べものがうまいと思わなくなってきた」

「それはいけませんね。いつごろから？」

医者のような、藤十の問診であった。

「そうねえ、かれこれ七日も前から……」

「何か心配ごとなど……ご心痛なことはございますか？」

「まあ、こんな商いだから、あることはあるが……それが何か？」

「かなり胃の腑のほうがお弱りと見受けられます。炎症を引き起こしておるものと……いや、ご心配にはおよばぬと思います」

甚五郎の、不安そうな表情に藤十は顔に笑みを含めて言った。

「少し、療治を施しましょうか」

そうしてもらえるかと言う、甚五郎の返事を聞いて藤十は再びうつ伏せに寝かせた。

二

藤十の踏孔療治は、一回の施しで一両と高額である。だが、効き目が抜群であると、患者からの評価は高い。

胃の腑の炎症に効果があるとみられる背中の壺に、藤十は体重をかけることにした。足力杖で支える脇の下の力を抜くと、重みが患部にかかることになる。

「ちょっと痛いですが、我慢をしてください」

前よりも、重い圧が患部の壺を刺激する。

「うーっ、痛い」

甚五郎の顔も、しかめっ面となる。垂れた頰が、ぶるんと震えた。

胃の腑に効果のある、背中の壺を数回にわたって圧してから、再び、表側の壺を数箇所指圧して、藤十の療治は終わった。

「この療治をこれからもつづけましょう。七日に一度来ますが、いかがでしょうか?」

鹿爪《しかつめ》らしいもの言いだが、藤十は内心喜んでいた。これで大事なお客を一人失わずに済んだと。いくら病に効果がある療治だといっても、半刻ほどでもって一両の金を、おいそれと出せる客はそうはいない。

一人の顧客を見つけるのには苦労がいったが、藤十は療治代を安くしようとする気持ちは毛頭なかった。それよりも、安価にして客の数が増えるほうがむしろつらくもあった。

藤十は、少ないながらも今いる客の数でちょうどよしとしている。それは、藤十にはもう一つやるべきことがあったからだ。

やるべきこと——。

先だっては、人の体を蝕《むしば》む『逢麻《おうま》』という薬物を製造し、世間にばら撒《ま》く悪党たちを退治した。殺しが絡む事件であった。

藤十は、南町定町廻り同心である碇谷《いかりや》喜三郎《きさぶろう》と、元邯鄲師《かんたんし》——平たくいえば、旅籠《はたご》に巣食う枕探しのことである。その邯鄲師であった佐七《さしち》という若者と組んで、一人でも世の中から極悪非道の輩がいなくなればと、『悪党狩り』を畢生《ひっせい》の生活心情として置いていた。そしてこのごろは、藤十とは腹違いの妹で、女であるが剣の使い手である美鈴《みすず》という、二十五歳になる美形の娘が仲間に加わった。そこに、佐七が面倒をみているみはりという名の小犬がいる。

藤十たちがしゃかりきになるのは、町方同心たちが踏み込むことのできない、非道な事件が主である。

事件はいつ起こるか分からぬが、いつでも心の準備はしておかなくてはならない。そんなことを思いながら、藤十は甚五郎の療治が終わって水桶で手を濯《ゆす》いでいた。

「七日に一度はいいとして、かなり悪いのですかね？」

「いや、悪いなどと言ってはいません。胃に炎症が起きるというのは、気持ちの塞《ふさ》ぎから来ることが多いようで。ですから先ほど、何かご心痛でもと訊いたのです」

「そりゃ、心配の種など幾《いく》らでもありますよ」

療治が終わり、乱れた着こなしを直しながら甚五郎は言った。

「このところの不景気で、貸し倒れが多くなってねえ……。だが、取立てを厳しくすると、奉行所からの咎めがある。あまり、貧しき者たちを苛《いじ》めるのではないと言ってな」

藤十は、しばらく甚五郎の愚痴《ぐち》につき合うことにした。

甚五郎にしても、体の調子との関連である。心にもっている憂《うれ》いをぶつけるには、藤十はすこぶる妥当《だとう》な相手であった。

「借りたいときは、人の脛《すね》にすがってでも頼む。だが、期限が過ぎて返金の段になると、まるで人が変わったように、横柄《おうへい》となりますからな。まったく困ったものだ」

藤十も、母親にいつも金の無心をしている。借りるときは猫なで声だが、返す段になると声に棘《とげ》をもつことがある。

身に覚えがある藤十は、気持ちをはぐらかして言った。

「お気持ちお察ししますが、昔から高利貸しには、阿漕《あこぎ》という看板がついて回ってますから」

「当方は、そんなに阿漕ではないよ。手前みたいな金貸しがいて、助かっている者も多くいる」

「お言葉ですが、金利が高過ぎるのでは？」

甚五郎は、たしかに高利の金貸しである。だが、昨今巷《ちまた》に暗躍している、『暗がり金融』と呼ばれる暴利を貪《むさぼ》る悪徳の業者とは一線を画している。

「手前どもは貸す前に、金利のことはよく言い含め、納得をされたら貸すことにしている。そこが、利息が元本の数十倍になる裏の金貸し『暗がり金融』とは、まったく異なるところだ。そんなのと、奉行所は一緒くたにしているのだから、まったくどうかしておる」

甚五郎は、憤《いきどお》りを藤十にぶつけた。

「まあ、そんなんで金が返せず奉行所に駆け込む客が多くなってな、回収がままならなくなってきたのだよ。わしらみたいな金貸しを潰せば、ますます暗がり金融がつけ上がるというのになあ」

甚五郎の声にも、憂いがこもってきている。

「まあ、そんなんでこのごろはめしも喉《のど》につかえるほどだ」

「そのご心痛が、胃の腑に負担をかけているのだと思われます。病は気からとよく言われることですが、お心を静められたらよろしいかと」

「そうであろうけどな」

藤十の説得に、甚五郎は得心をしたようだ。

「まあ、愚痴を言うのはここまでとしよう。ところで藤十さん……」

言って甚五郎は、話題を変えることにした。

「はい、なんでございましょう？」

「先ほど、壱等一万両の富籤の話をしていたが、本当だろうか？」

甚五郎は、先刻藤十の口から出た、一万両の富籤のことをぶり返した。

「ええ、回向院の門前に高札が出てましたから、間違いないと。それが、何か？」

「それが本当のことなら、大変なことになるな」

声音を落として、甚五郎が言った。

「えっ……大変なこととは？」

「半年先に富籤を売り出すとすると、それまでの間、そしてその後と……」

言っている途中で甚五郎の言葉は止まった。

「その後とは……？」

言葉尻《じり》のあとを、藤十は知りたかった。

「金を扱う者としてのわしの勘だが、これは忙しくなるぞ」

「それは忙しくなるでしょう」

江戸幕府開闢《かいびゃく》以来かつて、富籤でもって一万両などという高額賞金はあったためしがない。せいぜい一千両が限度であった。それほど高額な賞金を出す富籤なら、そのための準備に半年しかないというのは、寺社奉行も相当忙しくなるだろうと、藤十からしてみればどうでもいいことを案じた。

「いや、忙しくなるというのはそういうことではない。いろいろなことが世間で起きるということだ。すでに、藤十さんが遅れてここに来たこと。小さなことだが、それも一つだ。さっそく、はじまっているではないか」

「はぁ……？」

意味がつかめず、藤十の首は幾分横向きとなった。

「おそらくな、不可解な殺し……いや、よしておこう。まだ、起きてないことをとやかく言っても仕方があらん」

「……殺し？」

穏やかな言葉ではない。

甚五郎の口からその一言が飛び出し、藤十の眉間《みけん》に一本の縦皺《たてじわ》が寄った。

「ところで、その……」

藤十の表情を読み取り、甚五郎はそこから話を逸《そ》らそうと話題を変えた。

「富札は一枚幾らで売りに出されるのかな？」

「えっ、一枚ですか？」

「なんだ、分からないのか？」

賞金一万両にだけ気持ちが向き、藤十の頭の中から、富札の値段がどこかに飛んでしまっていた。

たしかに書いてあった。

「一枚幾らだったかな？」

藤十は、思い出そうと目を瞑《つむ》って気持ちを集中した。

「まあいい、それはいずれ分かることだ。おそらく、そんじょそこらの者では手が出せぬほどの高額であろう。ところで、藤十さんへの勘定は一両だったな。払うのを忘れるところであった」

藤十は、一両の代金を小判一枚ではなく崩してもらうのを常としていた。

「それでは、二分金二枚でいいかな？」

二分は一両の半分の価値である。甚五郎から手渡された二分金二枚を見て、藤十は頭の隅にあった記憶を引き出した。

「あっ、思い出しました。富札は一枚二分だということです」

「一枚二分か……それはまた予想以上に高額だな」

言って甚五郎は腕を組むと、思案に耽《ふけ》る様相となった。

甚五郎の口から次の言葉が出るまで、藤十は黙って待った。

「一枚二分では、町人のほとんどは手を出せんだろう。だが、賞金が一万両ともなれば話は別だ。なんとしてでも、恩恵《おんけい》にあやかりたいと無理をする。その無理が、どうなって出てくるかだ……」

天井の長押《なげし》あたりに目を向けながら、呟くように言った。甚五郎は金を扱う商人として、金に翻弄《ほんろう》されていった人間の生き様を隅々まで知り尽くしている。そんな男が言う言葉を、藤十は重みをもって聞いた。

「無理と申しますと……？」

藤十にも、大体のことが想像できる。それでも、たしかめたいと甚五郎の顔色をうかがいながら訊いた。

「無理といえば、無理だ。まともに働いて金は作れんということだよ。高額の賞金をあてにして、無理やりに金を作る。そこまで言えば、藤十さんだって分かるだろう？」

無理やりということは、悪さである。藤十の抱いていた思いもそこにあった。強盗、押し込み、恐喝、騙《かた》り等々、外道《げどう》の稼《かせ》ぎは指折り数えても二本の手では足りない。

「それにしても、幕府はとんでもないことを考えたものだ」

「幕府ではなく、寺社奉行からの触れとありましたが……」

「いや、寺社奉行は富籤の差配をするだけだろう。どれほどの金を幕府が集めたいか知らぬが、おそらく一千万両は下るまい」

「……一千万両」

藤十の頭では、一千万両がどれほどのものか、想像することすらできない。

「幕府の資金源に見込もうとの企《くわだ》てだろうが、そんなことを考えるのは、若年寄と老中しかいないだろうな」

老中と聞いて、藤十は実の父親である板倉佐渡守勝清《いたくらさどのかみかつきよ》の顔を思い出した。齢は六十八にもなるが、幕閣として錚々《そうそう》たる地位にあった。

――親父様の知恵なのだろうか？

ふと、藤十の思いが脳裏《のうり》をよぎった。

「おや藤十さん。何を考えているのかね？」

「いや、なんでもありません」

父親がときの老中であることを周りで知っているのは、母親のお志摩《しま》と異母妹である美鈴だけである。仲間である、同心の碇谷喜三郎や弟分の佐七にですら、打ち明けてはいない。

「何を考えているのだろうな、幕閣は？」

「はあ……」

あきれ返ったような甚五郎の口調に、藤十は生返事であった。

「いや、今わしが言ったことは外には漏らさないでくれな」

甚五郎が口に出したことは、明らかに幕府批判である。ひいては、将軍徳川家治《いえはる》への不信にも通じ、役人に知れたら即刻打ち首獄門の咎《とが》が待っている。

落胤《らくいん》であるが老中庶子とも知らずに、藤十相手にうっかりと口にしてしまった甚五郎は、拝《おが》むように手を合わせて口止めをした。

「ええ、どなたにも言いませんからご安心ください」

大事な顧客を減らすだけである。藤十としても、誰にも話すことはないと思った。だが、甚五郎の考えは的《まと》を射ている。甚五郎のことは言葉を濁《にご》しながらも、これは父の勝清に問い立ててみる必要があると、藤十は思った。

「……そうだ、帰りしな寄ってみよう」

「どこに、寄るというんだね？」

藤十の呟きが耳に入り、甚五郎が心配げな顔で訊いた。先ほどの、幕府批判を気にしているのだろう。

「いや、ちょっと母親のところへと思いまして」

嘘ではない。だが、その母親であるお志摩が、今でも老中板倉勝清の情人であることは、口が腐っても言えることではなかった。

「そうか、お袋にか。さしずめ、金の無心でだろう？　だったら、たまにはわしのところでも借りてくれんかな。藤十さんなら、いつでも融通するぞ」

母親と聞いて安心したのか、珍しく甚五郎が戯言《ざれごと》を言った。

「いや、金のことじゃありませんよ。この齢になって、親に銭金を頼るなんてみっともない」

そのみっともないことが、二十日ほど前にあったことを隠して藤十は言った。

三

およそ半年後に売りに出される富籤でもって、世の中が狂乱する様を金貸し甚五郎が予測したのを聞いた藤十は、日本橋住吉町《すみよしちょう》にある左兵衛《さへえ》長屋の宿《やさ》へと戻る前に、母親のお志摩のところに寄ることにした。

二十日ほど前に借りた五両の金と合わせ、それ以前に借りている金が累計で五十両近くになっている。それを思うと足が重くなるのだが、それでも――。

「……こんなところで借りなくてよかった」

金貸し甚五郎の玄関を出て、立派な構えの屋敷を振り返って見るに、藤十は独《ひと》りごちた。

厭味《いやみ》の一つは吐かれるも、母親ならば笑って誤魔化すこともできるし、高い利子もない。

「……金貸しの取立てほど、厳しいものはないからな」

なんだかんだ言っても、高利貸しというのは人に恨まれるのが商売であるというのは否《いな》めない。

帰りしな回向院の門前に立ち寄ってみたが、来たときほどの人の数はなかった。それでも、幾重《いくえ》にか高札の周りには人の輪ができていた。

「へえ、これが一万両が当たるという、富籤の報せかい」

ここにいる町人たちは、すでに噂を聞きつけて知っているのか、文字が読めずとも札に書かれた中身は知っているようであった。

「半年先まで、どうやって十両こさえっかな」

大工道具を担ぎ印半纏《しるしばんてん》を着込んだ職人が、隣に立つ仲間らしき男に訊いた。一月《ひとつき》の手間取りが、一両か二両の職人である。それでも大工は、稼ぎがよいほうである。

その大工にして、稼ぎにも追いつかぬ金を富籤に注《つ》ぎこもうとの肚《はら》であった。

「一万両でも当たったら、そんなもん幾らでも返せるじゃねえか。十両だなんて、みみっちいこと言ってねえで、百両ぐれえ借りて用意したらどうだい？」

すでに、一万両当たった気になっている連中が出てきている。

「一万両当たったら、どうしようかねおまえさん……?」

藤十のもう片方の耳には、こんな会話が聞こえてきた。

「どうしよう、こうしようもねえさ。まずは、溜まった店賃《たなちん》を払ってだな、おめえの腰巻を質から出して、そうだな鰻《うなぎ》でも一つ食おうじゃねえか」

「そうかい、うれしいことを言ってくれるじゃないかい、おまえさん」

「十枚も買えばいいだろう。十枚ってのは五両かい。それが一万両になるんだぜ」

「そうかい、すごいねえおまえさん」

一万両というものがどれくらいなものか、はっきりと分からぬ者たちの会話であった。

金貸し甚五郎の、予想どおりの展開になってきそうな感じは否めない。

藤十は職人たちと、夫婦の会話を聞いていてふと思った。

——今度の富籤で、甚五郎さんところも忙しくなるかもしれない。

藤十は、富札を買いたいがために、金を借りる人が殺到するだろう。何も起こらなければよいがという気もめぐって、回向院をあとにした。

藤十の母親である志摩は、両国橋で大川《おおかわ》を渡り広小路《ひろこうじ》から柳橋《やなぎばし》で神田川《かんだがわ》を越して少し行ったところの平右エ門町《へいえもんちょう》にある一軒家に一人で住んでいる。旦那は、ときの老中で忙しい身である。たまにしか来ない旦那を待ち焦《こ》がれるものの、それでは、毎日が閑でならない。そのため、昔芸者であった杵柄《きねづか》で、商家の主相手に小唄《こうた》長唄を教える師匠《ししょう》でもあった。

黒塀に、見越しの松が張り出しているところは、典型的な妾宅のたたずまいである。その黒塀の向こうから、三味線《しゃみせん》の調べが聞こえてきた。

「……いるな」

昼の八ツどきは、お志摩も留守にしていることが多い。小唄の師匠でもあるので、出稽古《でげいこ》に行っているものと思っていた藤十は、三味線の音を聞いてほっとする思いとなった。

お志摩自らの稽古中なのか、三味線の爪弾《つまび》きに乗って唄も聞こえてくる。

〽ぬしはいったい　いつまいるかと
待つ身のつらさを　わかっておくれ
三日もあけずに　顔見せるなら……

藤十は、お志摩の唄声が途絶えるまで、玄関の外で待った。

「……親父様は、最近来てないのだろうか？」

お志摩の唄う詞には、そんな思いが込められていると、藤十は待つ間に思った。やがて、唄声が止むと、三味線の爪弾きも余韻《よいん》を残して消えていった。

藤十は、音が消えるのを待って玄関の引き戸を開けた。

「おや？　お客か……」

女物の草履《ぞうり》が一足、三和土《たたき》にそろえられて置いてある。いつもお志摩が好んで履く派手な柄とは異なり、地味なつくりであった。

五十歳にもなろうお志摩は、花街で育ったせいか、容姿、立ち居振る舞いが、同年代の女よりも五歳以上は若く見えた。その上での若づくりでもある。知らぬ人には藤十のことを、齢の離れた弟よと言って、紹介することもあった。

「お袋、いるかい？」

在宅が分かっていながらも、藤十はそんな言葉を奥の部屋に向けた。そして、返事を待つこともなく雪駄《せった》をぬぐと、上がり框《かまち》に足をかける。

「藤十かい……？」

奥から声がするも、出迎えはない。いつもなら、そそくさと顔を見せるのだが、客の手前腰が上げられないのであろう。

「いいから上がっておいで」

板間に上がって、すでに足を踏み出したところである。

——誰だろう？

客は女であることに間違いないが、三間のくれ縁《えん》を歩く間に、藤十が思い浮かぶ顔はなかった。

お志摩がいつもいる部屋の障子は塞がっている。

「入るよ……」

藤十は、閉まった障子に向けて声を飛ばした。

「いいからお入り」

機嫌がよさそうである。笑いを堪《こら》えているような声音であった。

借りている金の催促《さいそく》でもされるのではないかと気を揉《も》んでいたが、どうやらそれはなさそうである。藤十は、ほっとする思いで障子戸を開けた。

障子を開けたと同時に藤十の目に入ったのは、お志摩の顔と花柄小紋の袷《あわせ》を着た女のうしろ姿であった。丸髷《まるまげ》を結《ゆ》って、正座をしている。

女客のうしろ姿を目にすると、藤十の足が敷居を跨《また》いで止まった。

「何をそんなところにつっ立ってるんだい。いいから、こっちにおいでよ」

お志摩の手招きにつられ、藤十の足が動きだす。だが、その間も女が振り向くことはなかった。

幾分顔を伏せ気味にしているのは、恥ずかしがっているのだろうか。いや、そうではない。口に手を当てているところは、笑いを堪えているようにも見える。

「あれ……?」

藤十は、座る女の横顔に覚えがあった。

「美鈴か?」

「ようやく分かったようですわね、兄上……」

「どうして美鈴がここに?」

不思議そうな目をして、藤十は美鈴と向かい合うように座った。

藤十とは五歳ほど齢が離れている。同じ板倉勝清の種からできた異母兄妹《きょうだい》であった。美鈴も勝清が外に囲った妾の子であり、藤十とは同じ境遇のもとにあった。

ならば、藤十よりもお志摩のほうにわだかまりがあるものと思える。だが、お志摩は違った。そんなことは意にも介さず、美鈴と相対していた。

美鈴と会うのは、およそ半月ぶりである。逢麻の事件で悪漢を懲《こ》らしめた以来のことであった。

「あれからこれで三度目かしら、お母様のところに来たのは」

半月で三度とは、けっこう頻繁《ひんぱん》に来てるものだと藤十は思った。その間、藤十はお志摩のところに一度も足を運んではいなかった。

「そうか。お袋に会いたいというようなことを言ってたが、すでに来ていたのだな」

「黙っていて申しわけございません」

一人で勝手に訪ねてきたことを、美鈴は藤十に向けて詫《わ》びを言った。

「いや、とんでもない。むしろ俺は嬉しいと思ってるくらいだ。よく来てくれたよな」

「あたしも美鈴さんがいきなり来たときは驚いたけど、本当によくいらしてくれましたよね。あたしもなんだか嬉しくて……」

めったに涙ぐんだことなどない気丈なお志摩の声が、くぐもるものとなった。

「ところで美鈴、その女らしい格好はどうした？」

藤十は、今まで美鈴の若衆姿である男装の恰好《かっこう》しか見ていない。花柄の着物をまとい、丸髷に鼈甲《べっこう》の櫛《くし》を挿した美鈴をはじめて目にしたのである。

「あれは剣術に関わるときだけ。普段は、このような恰好でおりますのよ」

「そうか……」

美鈴の男装も颯爽《さっそう》としていいが、女の身形《みなり》も艶《あで》やかなものがあった。そんな姿を、藤十は呆然として見ていた。

「綺麗な娘さんよねえ……」

妹というより、女を見る目で美鈴を見やる藤十に向けて、お志摩が頬を緩ませて言った。

「いえ、お母様……」

美鈴は顔を伏せて、はにかみを見せた。

初めて美鈴がお志摩のもとを訪れたとき、小唄長唄の師匠であることを知った。それ以来、お志摩の弟子として、美鈴は小唄を習いに来ていたのであった。

「剣術ばかりでなく、女らしいことも習いませんと……」

いかず後家になってしまうと、美鈴の口から戯言があった。

「何をおっしゃいます、そんなにお綺麗なのに」

「いやあ、お袋。このお転婆《てんば》をもらってくれる男なんてめったにいるものではないですよ」

藤十の口調は、実の兄妹のものである。お志摩は、藤十の話を聞いてほっとする思いでもあった。

「兄上ったら、それはないでしょうに」

口を尖らし、藤十を詰《なじ》る美鈴にもお志摩は安堵《あんど》を覚える。

兄と妹のかかわりでなく、男女としての想いが芽生《めば》えてきたらどうしようかと、お志摩はそれを案じていたからであった。

「まあ、兄妹の喧嘩は、そのぐらいにおおし」

お志摩は、血のつながりがあることを強調して二人の言い合いを止めた。

四

「ところで藤十、きょうは何をしに来たのだい？　そうか、貸したお金を……」

「お袋……」

返しに来たのかいと、お志摩のつづく言葉を、藤十は口に指を立てて遮《さえぎ》った。あまり、妹である美鈴の前では聞かせたくない話である。だいいち、いい年をして親を頼っているのを見られるのは、みっともいいとはいえない。

「そうなの、兄上はお母様からお金を借りておられるのですか？」

藤十の、お志摩への口止めは遅かったようだ。美鈴の耳にすでに入って、蔑むような顔が向いた。

「いや、借りてるといってもな……」

「合わせりゃ都合五十両にもなるかねえ」

小額だと藤十が言おうとしても、お志摩がそれを許さなかった。

「そんなにですか？」

美鈴の、呆れたような口調であった。

「美鈴さんも覚えておいてくださいな。借用書の書き付けを取らないのをいいことに、はぐらかそうとしてるんだから。証人《あかしびと》になってくれたらありがたいと思うのだけど」

「かしこまりましたわ、お母様」

美鈴の二つ返事を聞いた藤十は、一つ弱みを握られた心持ちとなり話をはぐらかそうと試みた。

「もう、そんなことはどうでもいいじゃないか」

「そんなことってね、おまえ。それは、きちんとお金が返せる人の台詞《せりふ》だよ。ねえ、美鈴さん」

お志摩は、美鈴に相槌《あいづち》を求めた。

「ええ、そうですとも」

女二人が相手となって、藤十の大きな体が縮こまりを見せた。

「まあ、そこまで言っておけば、よもや忘れはしないだろうさ。貸した金の話はこれぐらいにして、藤十の話ってのはなんだい？」

お志摩の言葉が借金から逸れて、藤十は背筋を伸ばして縮んだ体を元通りにした。

話がぶり返してはまずいと、藤十は寸間《すんかん》を置かず話題を変える。

「知ってるかい……？」

「何をさ？」

「いえ、なんのことでしょうか？」

いきなり知ってるかいと切り出されても、首が横に傾くだけである。

お志摩と美鈴が、奇《く》しくも同時に訊き返した。このあたりは、本当の母娘ではないかと見紛《みまご》うほどの、間合いのよさだと藤十は思った。

「回向院の門前に立てられた高札を見たんだが……」

藤十は、高札にあった文言を二人を前にして語った。

「へえ、一万両の賞金かえ？　そりゃ、豪気だね」

高額の賞金を聞いて、お志摩の驚く顔があった。

「一万両の富籤なんて、凄いですわねお母様」

美鈴も、賞金額には関心を示したようだ。

「当たったら、なんに使おうかね？」

当選金の使途に、お志摩は思いをめぐらす。

「正宗《まさむね》の大刀など買いたいな。それでも、かなり余りますし。そしたら、どうしようかしら……？」

——冷静そうな美鈴にしても……。

「何に使おうが勝手だが、そんなことを考えるのはちょっと早いのじゃないか。お袋と美鈴にしてこれだもんなあ」

藤十は、巷でのこの先を思いやらずにはいられなくなった。

「ちょうど美鈴もいてもらってよかった。それでだ……」

藤十は、金貸し甚五郎から聞きかじったことを、二人を前にして話した。

「そんなんで、一枚二分もする富札をめぐってこの先何かが起きそうな気がするんだ」

甚五郎の話を、藤十は自分のものとして言った。

「さっきな……」

帰りしな回向院の門前で聞いた、職人たちと夫婦の会話を藤十は添えた。

「なるほどねえ、あたしたちもおんなじだ」

「話を聞いただけでも、浮かれてしまいました」

「そうだろう。だから、親父様たちは何を考えてるのだろうと思ってな……」

幕府の批判も、少し入れてあった。

「ここのところ忙しいのか、見えないねえ」

藤十の話に、お志摩も言いたいことが分かったようだ。藤十は、老中板倉勝清に会いたいがためにここ来たのだろうと。

「いつくるか、分からないか？」

「直接お屋敷におうかがいしたら？　ならば、わたくしも……」

美鈴が、自分もついていきたいと言った。

「いや、それはならないだろう」

直接上屋敷に訪ねて行ってもよいが、話の内容がまだ起きてもいない心配事である。幕閣の批判にも通じることなので、正規の目通りは差し控えたいと思っていた。

お志摩の家で会う分なら、肩でも揉みながらの四方山話《よもやま》として聞いてもらうこともできる。

「……そんなことで、こちらから行くのは憚《はばか》られる」

しかし、お志摩のところへはいつ訪ねてくるのか分からない。どうしようかと腕を組み、藤十は思案顔となった。

「いい考えがないかしら？」

美鈴も、藤十の考えに同調したようだ。いくら落胤《らくいん》といえど、遠慮というのをわきまえている。

「わたくしもしばらくは行く用事もないし。呼ばれることがあればよろしいのですが」

美鈴も、このごろ勝清とは会っていない。半月ほど前、藤十と一緒に逢麻探索の報告で屋敷に赴《おもむ》いたきりであった。

「できないことをうだうだ考えてたって、仕方ないじゃないか。それに、藤十が考えている憂いってのは、まだ何も起きていないことだろう？　まさか、そんなんで幕府のやることを止めさせようってのかね。お殿様の気を煩《わずら》わせるのはよしといたほうがいいと、あたしは思うがねえ」

「お母様の言うとおりかもしれません。お父上もきっとご多忙だと思いますし……」

お志摩と美鈴の言葉は、藤十の逸《はや》る気持ちを落ち着かせた。

「それもそうだな」

藤十は得心をするものの、心の内でどこか引っかかるものがあった。そんな心根をおくびに出さず、藤十の顔は美鈴に向いた。

「ところで美鈴……」

「なんでございましょう?」

女の容姿の場合は、言葉つきも女らしくなる。

「これから行くところでもあるのか?」

「いえ、取り立ててどこにも用事はございません」

「だったら、碇谷と佐七とで鹿《か》の屋《や》で一杯やることになってんだが、ちょっとつき合わないか?」

思えば前の逢麻事件以来、二人とは会っていない。

「碇谷様と佐七さんとですか。それは喜んで……」

つき合わせてもらいますと、美鈴は相好《そうごう》を崩した。

落ち合う約束まで、一刻ほどの間があった。

お志摩と藤十、そして美鈴の三人が一堂に会うのは初めてのことであった。富籤と、借金のことから話題は外れて、四方山話に花が咲く。

一刻など、あっという間に過ぎていった。

「ああ、もうこんな刻」

夕七ツを報せる鐘が浅草寺《せんそうじ》のほうから聞こえ、お志摩がやるせなさそうな声を出した。

「お母様、また近々まいります。きょうのお稽古も途中ですし……」

尽きない話であった。うしろ髪が引かれる思いは、美鈴も同じである。

本当の母娘ような絆を感じた藤十は、脇に寝かせておいた足力杖を手に取るとそっと立ち上がった。

魚河岸《うおがし》近くの小舟町《こぶなちょう》にある鹿の屋に向かう途中、神田紺屋町《かんだこんやちょう》にある剣術道場『誠真館《せいしんかん》』に立ち寄ることにした。

道場は、美鈴の住まいでもある。ここで美鈴は『真義夢想流《しんぎむそう》』の剣技を身につけたのであった。二日に一度は、師範として門弟に稽古をつけながら、さらに腕に磨きをかけている。

美鈴の養父であり館主の稲葉源内《いなばげんない》に、帰りが遅くなることを告《つ》げておかなくてはならない。

生憎《あいにく》と留守であった源内に告げてくれるよう、美鈴は下男である六助《ろくすけ》に頼んだ。

「へい、かしこまりました。行ってらっしゃいまし」

下男の六助も、美鈴と藤十の間柄は従兄妹《いとこ》だと思っている。六助の返事を聞いて、藤十と美鈴の足は四町先の小舟町へと向いた。

小舟町にある煮売り茶屋『鹿の屋』の前で、小犬がうろちょろしている。

「おい、みはり……」

藤十の呼ぶ声で、みはりと名のつけられた小犬の顔が二人に向いた。柴犬のかかった雑種である。

「わん」

と、みはりはひと吠えして、丸めた尻尾《しっぽ》を振った。

美鈴が腰を落とし、みはりの頭を撫でる。そして、以前から思っていたことを訊いた。

「なんで、みはりなんて名がつけられたの？」

直接みはりに向かって問い質《ただ》すも、犬では言葉が返せない。

「そいつは、佐七に訊けばいいさ。もう来てるだろうから、中へ入ろう」

もう少し、かまってもらいたいと「くうん」と一つ猫なで声を出すが、みはりの言葉は通じなかったようだ。

五

いつものように、鹿の屋の女将《おかみ》であるお京《きょう》に案内されて、二階の座敷へと通される。

この部屋は、藤十と碇谷喜三郎が悪党狩りの相談をするのに使っていたが、そのうちに佐七が入り、そして美鈴が加わることになった。

「おう佐七、早かったな」

座卓の下手に、一人所在無く座っている佐七に藤十が声をかけると、二十も半《なか》ばになる端整な顔が二人に向いた。

「おや、美鈴さんも一緒でしたか」

佐七は、美鈴のほうに目がいった。このあたりは、やはり男だと藤十は思いふっと苦笑いを浮かべた。

「先だっては、いろいろとありがとうございました」

女らしい挨拶《あいさつ》を、美鈴は返した。

男装ではなく艶やかな女衣装の美鈴に、佐七の顔はきょとんとしている。

「どうした佐七、あんぐりと口など開けて……」

「いや、兄貴。美鈴さんがあんまりにも綺麗なもんで」

佐七の口調は世辞ではない。証拠に口があんぐりと開いている。

「ああ、いい女だが、かかわらないほうがいいぞ。なんせ、腕が立ちすぎる」

言って藤十は、剣を振る恰好をしたそのときであった。

「誰が腕が立ちすぎるっていうんだい？」

言いながら襖《ふすま》を開けたのは、南町定町廻り同心の碇谷喜三郎であった。

襖が開いた瞬間、喜三郎はその長い顔を美鈴に向けた。

「おや、美鈴どのもご一緒だったか」

「ああ、美鈴の腕が立ちすぎるから、佐七にちょっかいを出さないほうがいいと釘をさしてたところだ」

「ちょっかいを出すなんて……」

冗談も過ぎると、佐七の睨《にら》む目が藤十に向いた。

「まあ、そんなに怒るな。いい男と女を会わせりゃ、従兄妹として心配するのがあたり前だろうが」

喜三郎と佐七の前では、藤十と美鈴の間柄は従兄妹ということになっている。

「そんな心配は、絶対にいりやせんですよ。すいやせん、美鈴さん……」

佐七が藤十の代わりに、美鈴に向かって謝りを言う。

「まったく、お馬鹿なことを言いますのね。佐七さんも気にしないでくださいね」

「まあ、戯言だから……」

「言っていい冗談と、悪い冗談があります。まったく……」

そんな美鈴を、同心の喜三郎が緩んだ目で見つめている。

「……いい女だなあ」

「旦那、今なんとおっしゃいました？」

そのとき酒を運んできたお京の耳に、喜三郎の呟きが入った。険を含む声で、お京は訊いた。この二人も、秘めた仲であった。

「いや、なんでもねえ」

喜三郎が、お京に向けて大きく右手を振った。

「そうだ、美鈴どのが来たからにはちょうどいい。先だっての事件の打ち上げがまだだったからな」

言葉でもっても、喜三郎ははぐらかす。

「もう、よろしいですから……それで、お料理は何をおもちします？」

「そうだな、見繕《みつくろ》ってなんでもいいからもってきてくれ」

かしこまりましたと言って、お京は階段を下りていった。四人の間柄を、詮索することは一切ない女将であった。


「ところでいかりや、何かまたあったのか？」

お京の足音が遠ざかるのを耳にして、藤十が切り出した。

何も用事がなくて、鹿の屋に集まることはない。

「今朝方浅吉《せんきち》さんが慌てたように、いかりやの伝言をもってきたけど……」

浅吉とは、喜三郎配下の岡っ引きである。

藤十が、金貸し甚五郎のもとに向かう四半刻ほど前に、夕七ツ半鹿の屋に来いという伝言をもってきた。藤十は、集《つど》いがあることを佐七に伝えてから、甚五郎のもとに向かったのであった。

「いや、取り立てて今のところは何も起きてはねえんだがな……」

「なんだか、妙なもの言いだな。いかりやから鹿の屋に呼び出されるときは、必ずと言っていいほど厄介《やっかい》な事件が起こったときだからな」

鹿の屋でもってうまいものを食し、酒を呑みながら喜三郎が藤十に、またはその逆に事件の相談をもちかけるというのは、以前から二人の儀式のようなものであった。そこに、最近になって佐七と美鈴が加わってきた。

「まあ、厄介な事件て言うんじゃねえけど……」

「厄介な事件じゃなきゃ、なんだい？」

もって回ったような喜三郎の口調に、藤十がいらつきを見せた。

「そうせっつくなって、藤十。慌てるような話じゃねえんだから」

町方同心では踏み越えられぬ事件の山がある。いつもはそんな、町方が手の出せないところを喜三郎は藤十に委《ゆだ》ねていたのだが、この日の話は幾分違っていた。

「もう知ってるか？」

「知ってるかって、いきなり言われたって知るわきゃねえだろ。なあ、佐七に美鈴……」

藤十に相槌を求められた佐七と美鈴は、黙って小さくうなずいた。

「今朝方、江戸市中の寺社仏閣に立てられた高札を見たかい？」

喜三郎は、座卓の向かいに座る藤十と美鈴に目をやり、そして隣に座る佐七に顎《あご》の尖《とが》った長い顔を向けた。

佐七は首を振るも、藤十と美鈴は互いの顔を見やっている。

「富籤のか……?」

神社仏閣に掲げられた高札のことといえば、これしかない。

「ああ、そうだ。藤十と美鈴どのはご覧になったのか?」

美鈴にも同時に声をかけたので、喜三郎の口は丁寧《ていねい》なものとなった。

「いえ、藤十さんから先ほどうかがいました」

美鈴は、お志摩の家で藤十から話を聞いたと言った。

「藤十のお袋の家でですか……」

「はい、伯母《おば》さまのところへ用事がございまして……」

藤十とは、従兄妹であるということを、美鈴は強調した。

「たまたま俺が行ったら、美鈴が来てたのだ。まあ、そんなことはどうでもいいじゃないか。富籤の高札とどんなかかわりがあるのだ?」

喜三郎と佐七には、板倉勝清の存在は話してはいない。となれば、あまり美鈴とのかかわりは触れてもらいたくないところだ。

藤十は、美鈴が従兄妹であると偽《いつわ》るたびに、仲間としての引け目を感じているのもたしかである。

「別にかかわりってんじゃねえが……」

喜三郎は、二人の仲に関しては従兄妹でない何かがあると感じている。それも、男女の仲でない何かである。なるべく触れぬようにしているのだが、どうしても好奇心が言葉となって出てしまう。

「それで、神社仏閣に掲げられた富籤の高札がどうしたい？」

藤十は、喜三郎の話を引き戻そうと、本論に言葉を向けた。

「だったら、壱等賞金が一万両だってのは知ってるよな？」

「一万両ですかい？」

高額の当選金を初めて耳にして、佐七が横から口を挟んだ。この日佐七は仕事がなく、藤十と同じ左兵衛長屋の宿から、一歩も出ることはなかった。佐七は普段、長谷《はせ》川町《がわちょう》の植木職人の親方植松《うえまつ》の下で、植木職人として働いているが、昨日まで根っ子の張った竹の伐採に追われ、しばらく休みが取れなかった。若い体とはいえ、疲れもあって日がな屋根の下でごろごろしていたのである。そのため、富籤の噂は耳に入っていない。

「ああ一万両だ、すげえよな」

藤十が、回向院で見た高札はすでに昼が近いころであった。だが、この高札は暗い内に立てられ、明け六ツには朝の早い者たちの間ではすでに評判に上っていた。藤十が、回向院で見たときには江戸中で、かなり知れ渡っていたのである。

「それで、その富籤なんだがな……」

喜三郎が先を語ろうとしたところで、襖の外からお京の声がかかった。

「お料理をお運びしましたが、よろしいでしょうか？」

どうやら料理ができてきたらしい。

「ああ、入ってくれ」

喜三郎は、話をあと回しにして先に料理の配膳をさせることにした。

お京は、料理の載った盆を抱えた仲居を二人引きつれて入ってきた。絵皿の上には、この日江戸湾で獲れたばかりの、魚介の刺身が盛り合わせて造られている。

「これが平目で、こちらが黒鯛……」

お京が、刺身の説明をしはじめた。

「そんなのはいいから、すまねえがちょっと席を外してくんな。大事な話をしてるんだ」

配膳を終えたお京に、喜三郎は手を合わせて頼み込むような仕草をした。

「どうもお邪魔しました。どうぞ、ごゆっくり……」

お京もそのあたりは心得ている。笑顔を浮かべながら三つ指をついた。

襖が閉まった向こうから、仲居たちの声が聞こえてきた。

「一万両の富籤、おみよちゃんは買うの？」

「買いたいけど、一枚二分もするのよねえ……」

半年先の心配をしている、仲居たちであった。

「しゃべっていると、階段を踏み外すわよ」

お京の、仲居たちを叱《しか》る声が遠ざかっていく。

六

「ところで……」

料理を食いながら聞いてもらいたいと、喜三郎は話のつづきにはいった。

「今、仲居たちの話が聞こえてなかったか？」

「ああ、聞こえてた。けっこう話が広まってるんだなあ」

藤十の耳にも、さりげない仲居たちの言葉は入っていた。

「たしか、買いたいけど一枚二分もするのよねえとおっしゃってましたが、そんなにするんですかい、その富札ってのは？」

詳しいことを知らぬ佐七は、端《はな》からその内容を聞きたいと言った。

佐七のために、藤十の口から高札の内容が語られた。

「へえー、そりゃ大騒ぎになるでしょうねえ」

佐七の興味津々といった顔であった。

ここで、下々のことに一番詳しいのは佐七である。喜三郎の目が、横に座る佐七に向いた。

「そこで、佐七に訊きてえんだが……」

「へい、なんでやしょう？」

平目の切り身を口に運びながら、佐七も喜三郎に顔を向ける。

藤十は、その二人のやり取りを万感の思いを抱いて見やっていた。

数か月前までは、互いに追うのと追われる者の立場だったのだ。

元邯鄲師という、枕探しのこそ泥であった佐七と、南町奉行所同心の碇谷喜三郎が、今は並んで座って、刺身などを食し酒を酌《く》み交《か》わしている。

「どうだい、佐七もその富籤ってのを買ってみてえと思うか？」

「そりゃ、一万両も当たるんでしたら……」

「そうだいなあ。だけど、一枚二分もするんだぜ。佐七の稼ぎじゃ……いやすまねえ、ここが大事なところなんで言わせてもらうが、江戸の町民のほとんどが手を出せねえんじゃねえだろうか」

二分は一両の半分である。一両とは、江戸の町民が一月も暮らせる額である。それでなくても汲々《きゆうきゆう》の生活をしている町民に、そんな高額の富籤が手に入れられるはずがないというのが、喜三郎の考えであった。

「何が言いたいのだ、いかりやは？」

藤十の脳裏には、先刻金貸し甚五郎との話が残っている。おそらく、喜三郎もそのあたりのことを言いたいのだろうと想像がついたが、あえて問いを発した。

「なんだか、奉行所も忙しくなるんじゃねえかと思ってな」

「忙しいとは？」

「その、富札を手に入れてえがためによ……」

ここまで聞けば、喜三郎の憂いは分かる。先刻も、藤十と美鈴は同じことを案じていたのだから。そこで、二人の実父である板倉勝清に話をもちかけようと相談したほどである。

「奉行所では手に負えねえ事件でも起きるんじゃねえかとよ、先のことが案じられてならねえんだ」

「いかりやが言いたいのは、もしもそんなことが起こったとしたら、俺たちの力が借りてえってんだな。そこで、こんな豪勢な料理でもっての、先頼みってことか。佐七もそれだけ食っちゃ、もういやとは言えねえだろうよな」

皿の半分ほどの刺身を一人でたいらげた佐七は、藤十に言われてもっている箸《はし》を置いた。

「もし藤十さんの言ってるようなことだとしたら、碇谷の旦那。こんな水くせえことはなしにしてくだせえよ」

ご馳走《ちそう》をされなくたって、藤十や喜三郎から頼まれればいやとは言えない深い恩義がある。ご馳走に釣られなくたって、火の中水の中に飛び込む覚悟ぐらいできていると、佐七は思いの丈《たけ》を口に出した。

「いや、そんなつもりは毛頭ねえよ。刺身一つで恩を着せるなどと、誰がみみっちいことを考える。そうじゃねえから、どんどんと食え。足りなきゃ、もっともってこさせるから。藤十も、くだらねえことを言うんじゃねえやな」

「まあ、戯言だから気にするんじゃねえ。だが、さっきいかりやが言ってた忙しくなるってのは……」

金貸しの甚五郎も、奇《く》しくも『忙しい』という言葉を使った。そして、藤十はそれを同じ意味ととらえていた。

「どうしたい、藤十？」

言葉の止まった藤十に、喜三郎が声をかけた。

「ああ、町奉行所では手に負えねえことになるかもしれねえな。それが、なんであるかは……」

藤十は、高札の末筆に書かれた寺社奉行に思いを馳せた。ここで『事』が起きれば、たしかに南北の町奉行所では手に負えるどころではないと――。

「しかし、何も起きてねえのに、手を貸そうなんて言えはしねえよな。なあ、佐七……」

人々の軽挙妄動《けいきょもうどう》が目に浮かぶものの、今それをとやかく想像してもそれこそ愚の骨《こっ》頂《ちょう》であると藤十は説《と》いた。

「へえ、兄貴のいうとおりで……」

佐七の意見は、藤十に傾く。

「それも、そうだ。起きてもいねえことをうだうだ憂いてたってはじまらねえ。これからは、酒盛りとしようぜ。あっ、刺身はあらかた佐七が食っちまいやがったな」

喜三郎も、とりあえず伝えることができたと、場を酒盛りに切り替えることにした。

ほとんど刺身のつましか残っていない皿の上を見て、喜三郎が料理の追加を頼みに階段を下りていった。

「一万両当たったら、なんに使います？　藤十の兄貴は……」

先ほども、お志摩の家で美鈴と同じことを言ってたことを思い出した。この日だけで、藤十は同じ話題を三度も聞いた。
二、三日もすれば、江戸中がその話題で、もちきりになることだろうと、藤十の顔に苦笑いが浮かんだ。
「何がおかしいんです？」

「いや、なんでもねえ。そんなのは、当たってから考えることにしようや」

それもそうですねえと、佐七は藤十の言葉で冷静になれた。

だが、気持ちが鎮まらなくなったのは、江戸市中に住む町民たちであった。

四人の間で、そんな話がなされた翌日。

主だった神社仏閣に掲げられた高札の内容は讀売《よみ》りにも取り上げられ、瓦版《かわらばん》の号外として江戸市中から、本所深川《ほんじょふかがわ》のいたるところにばら撒かれた。

神社と寺の高札だけでならば、まだ沈着であったものを。瓦版での掲載は、あっと言う間に江戸の隅々にまで行き渡りを見せて、人心を煽《あお》った。

そのほとんどが、口伝である。

文字を読める者が、瓦版を読んで聞かせる。すると、人々の頭の中には『一万両』と『一枚二分』とだけが挿入された。

「――二分でもって一万両はわるくねえな」

当たった気分とさせる話題が、一人歩きしだした。

そして、高札が立ってから五日ほどした日のことであった。

藤十は踏孔療治で呼ばれ、日本橋平松町《ひらまつちょう》にある滑稽本《こっけい》などを刷る版元『三年堂《さんねんどう》』の主、八衛門《はちえもん》のもとを訪れていた。

彫《ほり》方、刷《すり》方の職人だけでも二十人ほどを抱え、本造りの版元として三年堂は中堅の部類であった。

八衛門は、四十歳を過ぎたばかりの働きざかりである。彫方として長年職人であったか、両手の指には独特の胼胝《たこ》ができていた。左手の指は、版木を擦る胼胝。そして、右手の指は版木を刻む刀でできた皮膚の塊《かたま》りであった。

すでに八衛門は職人を辞し、それを束《たば》ねる版元の長であった。

「今の若い者の手の速さには、敵《かな》わんからな」

うつ伏せになりながら、八衛門は藤十に言った。

「いや、まだまだ……体につきました筋肉は衰《おとろ》えがございません」

「だろうが、あんな細かな作業をする気力がもうなくなってきている。体が楽になったその代わり、別の苦労というのがつきまとってきた。いずれをとっても、楽な仕事などないものだ」

珍しい、八衛門の愚痴であった。

ここ三月ほど半月ごとに通って、六度目の療治であったが、これまで八衛門からこんな愚痴など聞いたことはない。

版元の主として、仕事を取らんがために普段は売り込みに精力を出しているが、踏孔療治をしているときの、藤十との話題は常に前向きのものであった。

「――今度、八つの色を使って自然の色が出るような刷りを考えましてな。これが世に出せれば、一躍《いちやく》三年堂は版元の筆頭になることだろうよ」

二月ほど前の、八衛門の話であった。

「いかがなされました？　二月ほど前は……」

景気のいい話をしてましたのにと、藤十は八衛門の弱気な言葉を覆《くつがえ》そうとして言った。踏孔療治だけではなく、藤十は言葉でもっても相手を楽にしようと試みる。

「まずは、心のもちようが体の中の、血流をよくするのです」

気持ちを楽に保《たも》てるほど、踏孔の効果があることを藤十は説いた。

「さて、乗らせていただきますがよろしいでしょうか？」

「ああ、頼む」

藤十は、断りを一つ入れ、うつ伏せになった八衛門の背中に乗った。

足力杖の脇あてに脇の下を載せ、ゆっくりと藤十は体重を移した。そして、徐々に力を抜くと、藤十の体は患者への重みとなって加わった。

「うう、気持ちがいい……」

外側からでは分からぬ患部である。患者の、悦にも取れる声を聞いて、藤十の足はその場で止まった。

「こちらですか？」

八衛門が痛いといった個所を、ぐりぐりと重点的に圧す。

「ああ、そこそこ……」

「こちらでございますか？」

左右の肩甲骨《けんこうこつ》の内側にある、身柱《しんちゅう》、厥陰兪《けついんゆ》と圧して、藤十は、考えながらも言葉を返した。

「ここに痛みを感じる……」

前回の療治のときにはなかった痛みである。

藤十の足の指は、腰にある壺の志室《ししつ》、その下にある腎兪《じんゆ》にあたった。

「そこそこ、もっと強く……あっ、痛い」

八衛門は、女が快感の果てに発するような善《よ》がりにも似た声でもって、藤十に患部のありかを示した。

「やはり……」

「んっ、何がやはりなんですかな？」

藤十の思い当たる節に、八衛門は首を捻《ひね》って訊いた。

「やはり、お疲れが溜まっているようでございますな。普段、だるいといったことはございませんか？」

「ああ、このところ忙しくてな」

藤十が圧した壺は、疲労の蓄積に効果のある部位であった。

「お忙しいとは、けっこうなことで」

仕事にあぶれる人が多い昨今、忙しいとは贅沢《ぜいたく》な悩みだと思われることが多い。

「まったく、羨《うらや》ましいですなあ」

藤十は、疲労の壺を圧し嫉妬《しっと》めいた言葉を吐きながら、あることを考えていた。

――忙しいか……。

数日前、そんな言葉にこだわったことがあった。

「羨ましいことなんか、あるものかね」

憤りが宿る、八衛門のもの言いであった。

「何かございましたか？」

足で背中を踏まれていては、答えもしづらかろう。藤十は、一度背中から降りて話を聞くことにした。

患者の憂いを聞くことも大事なことである。

七

八衛門は、うつ伏せになった体を起こし蒲団の上で胡坐《あぐら》を組んだ。

「どうもこうもございませんよ」

誰かに聞いてもらいたかったのだろう。八衛門の口は饒舌《じょうぜつ》となった。

「藤十さんは、寺社奉行ってのを知っておるかね」

「そりゃ、寺社奉行ぐらいは。ですが、何をしているのかよくは知りませんが」

寺社奉行と聞いて、思い当たることがあったが、藤十は言葉を濁して言った。

「寺社奉行ってのは、神社仏閣の……そんなことは細かくはいいが、だったらこのたびのこと、とは言っても半年先のことだが……」

「ああ、一万両の富籤のことですな。その富籤が、どうかなされまして？」

「やはり、知っていたか」

「ええ、きょう日《び》江戸の市中でその富籤を知らない人なんていないでしょう。みんな、自分が当たったものと大間違いをしておるみたいで」

「藤十さんは、その富籤の札というのがどれぐらい売りに出されるのかをごぞんじかな？」

「いや、そこまでは……もっとも、大層な数であることには間違いないでしょうが。いやあ、思いもつきません」

「それがな、藤十さん。一枚二分でもって、二千万枚……」

「たいした数ではありませんね」

万という単位には、すぐに実感が湧かない。藤十は何を考えるか、発行の枚数を聞いても興を引くものではなかった。

「何を言ってるか。二千万枚ってのはだな……」

たいした数ではないと、ごく簡単にあしらわれ、八衛門の顔が歪《ゆが》みをもった。

「二千万というのは二千の一万倍だ」

藤十だって、踏孔師とは言えど商人の端くれである。そこまで聞けば、おぼろげながらも分かってくる。

「二千万枚を世の中に出して、一枚二分で売れば一千万両の売り上げが見込まれる事業だ」

八衛門は、一千万両と口に出した。

「いっ、いっせんまんりょうですか？」

到底藤十などにはどれほどのものと、思いもつかない額である。

「それならば、壱等一万両もうなずけますな」

「一万両もねえ……」

一万両でも藤十には想像がおよばぬところである。

「まあ、賞金はいいとして……」

八衛門が考えながら言う。

「藤十さん、本所深川を含め、江戸には今幾人ほど人がいると思われます?」

「いや、聞いたこともないので分かりません」

「今はね、この江戸には百万人もの人がいるのですよ」

「百万人……もですか?」

百万人と聞いてもぴんとはこない。

「だが、ここで百万人というのは、みんなひっくるめてだ。武士から町人、きのう生まれた子供から、棺桶《かんおけ》に片足をつっ込んだ年寄りも含む」

「はあ……」

八衛門の言いたいことが分からない。あまりに大きな数をぽんぽんと出され、藤十の頭の中は混乱をきたしていた。

「百万人いるとは言っても、一枚二分の金が出せるのは、その内にどれぐらいいると思われる？」

「さあ……？」

分からないと、藤十は首を振る。

「十万人にも満たないでしょうな、一枚に二分の金をおいそれと出せる人は。多少無理をして、一枚でも買える人は三十万人といったところだ。となると……」

八衛門は頭の中で勘定をした。

「これだと売れてもせいぜい百万枚がいいところ。二千万枚なんてとても……」

「ちょっと待ってください、旦那様」

とても捌《さば》けるわけがないと言おうとしたところで、藤十が八衛門の言葉を止めた。

「なんだね、藤十さん。人の話を途中で……」

「申しわけございません。というのは、なぜに旦那様はその売り出される数というのをごぞんじなんですか？」

「そうだったな。これは内密なのだが実はな、その富札を刷る仕事がこちらに回ってきたのだ」

「なんですって？　それはめでたいことで……」

「何がめでたいことかね。そんなのを引き受けてしまったからには、三年堂はこれで終《しま》いだ」

「なぜなのです?」

「それはだな……」

寺社奉行の説明によれば、富籤の発行は百万枚を一単位にして、二十組二千万枚を売り出そうとのことであった。その富札の作成を寺社奉行所は、中堅の版元である三年堂に委ねたのである。

請《う》け負《お》ったからには、納期は半年後である。とてもでないが半年では追いつかない、膨大な富札の数であった。八衛門の疲労は、職人探しで躍起になっていたからである。

「職人なんて、すぐに探せるものではない。同業者はやっかんで、職人を貸してくれるところはどこにもない。それに、うちでは富札を作ったことなど一度もないしな。どうやって作っていいのかも分からない。ああ、ないないづくしだ」

「ただ、刷ればいいのでは?」

「素人は、それだから困る。ただ刷ればいいだけのことなら、これは手放しで喜ぶさ。それだけの数の受注が見込まれる仕事など、めったに出ないことだからな。だがな、藤十さん。富札で一番難しいのは、一枚一枚番号が違うということなのだ。全部番号が違うのを百万枚、それを二十組も作らねばならぬ。ああ、まいったな」

八衛門の憂いはまだあった。

「それとだ……」

富札の刷りは、三年堂の工房ではなく別のところでもって行うように言われている。職人たち全員が、半年の間特別な場所で作らねばならない。不正があってはまずいと、そこからの外出も禁止されるという。

その間、本来の仕事である滑稽本の発行も止められるのだ。それに見合うだけの額を提示されたが、今のままでも充分商《あきな》いとして機能しているし、不満は何ももってない。

「どこか、大手のところをと頼んだが、聞き入れてはくれぬ。もっともどんなに大手の版元でさえも、今の江戸でそれを請け負えるところはないだろうな」

「今まで富札を刷っていた業者さんでは、なぜ駄目なのでしょうかねえ?」

富籤というのは、きのう今日売りに出されたものではない。古くから、神社仏閣の修復のための資金調達として富籤の勧進興行が打たれてきた。その富札を作る専門の業者がいるはずだ。藤十の考えはそこに至り、そして訊いた。

「それがいいのだろうけど……」

八衛門の口はここで止まった。そして、口惜しそうにちぇっと舌打ちをする。

「どうかされましたか？」

「よかれと思ってしたことが、裏目に出てしまった」

「裏目……？」

「ああ、裏目だ。下手に八色の色出しなど吹聴《ふいちょう》するのではなかった」

三年堂が考えた色出しの技術を、寺社奉行は買ったという。今までの業者では、多色刷りができないところばかりであった。一万両の賞金ということで、贋作《がんさく》が出ることを幕府は懸念《けねん》をした。そのためには、おいそれとは刷れない刷り版の技術が必要であった。

そこで八色の色刷りができる、三年堂に白羽の矢が立ったのである。

「そんなんで、断りたいのだが断れなくなっちまって……ああ、困ったものだ。まったく、いっそのこと死んじまいたいよ」

八衛門の筋肉の張った肩が、がくりと落ちた。

「また、そんなお気の弱いことを……」

藤十ではどうしてもやれない相談ごとであった。ただ、他人《ひと》に話したことから気分が楽になったか、八衛門の青ざめた顔に再び血の気が戻ってきたのを藤十は感じた。

懸念された事件が起こったのは、その翌日であった。

朝四ツを知らせる鐘を聞いて、藤十は出かけようと足力杖を担いだところであった。

「おう、いたかい？」

挨拶もそうそう、ガラリと藤十の宿の建てつけの悪い腰高障子を力まかせに開けたのは、町方同心の碇谷喜三郎であった。その長い顔を、藤十は逆光にあって判別できなかったが、声で喜三郎であることを知った。

「いかりやか？」

「いかりやかって、人の面を見忘れちまったか？」

「いや、こっちから見ると顔が分からねえ。まあ、そんなことはいいが、俺はこれから出かけようとしてたんだが、何か用か？」

「ああ、大変《てえへん》なことが起こっちまった」

「いったい、どうしたというのだ？」

「日本橋川の江戸橋に近い南側の河岸でな、人が殺されてるって報せが今朝方入った。それで、俺が駆けつけその探索を務めることになったんだが……」

　喜三郎の口調は、このあたりから小さくなった。

「探索を手伝えってか？」

「いや、今回ばかりは違うんだ。藤十、おめえもかかわりがあるんじゃねえかと」

「俺がか……？」

「ああ、そうだ。藤十は、滑稽本の版元で三年堂の八衛門さんて知ってるか？」

「三年堂の八衛門さんか、知ってるも知らねえもねえ。……えっ、まさか？」

　藤十の、これにもない驚く顔が向いた。

「その、まさかだ」

　日本橋川の南河岸で殺されていたのは、三年堂の主、八衛門であったという。

「懐に入った書き付けから、すぐに身元は知れてな。お内儀にたしかめさせたら、間違いがないと言う。それで、検死をしようと背中を剝《は》ぐと、体の壺と見られるところに数箇所圧された痕《あと》があった。もしやそれが、藤十の仕込みの鉄鐺《てつこじり》ではねえかと」

「図星だ……」

　藤十は、昨日の八衛門に施した治療のことを喜三郎に語った。あのあと、八衛門の疲れは足の指で圧しても効かぬと、足力杖の鐺で圧したのである。その痕が残っていたのを、喜三郎が目敏《めざと》く見つけたのであった。

「藤十のお得意さんだったか」

「ああ、この三月ほどのな。ところで、八衛門さんはなんでもって……かわいそうに……」

昨日療治を施した当人が、翌日はこの世にいない人となっている。藤十はその儚《はかな》さを思い、きっと唇を噛みしめた。

――絶対下手人をつき止めてやる。

「それで、知ってることを聞かせちゃくれねえかい？」

下手人を洗う、尋問のような喜三郎の口調に、藤十はきつい目を向けた。

第二章　富札の刷り

一

藤十は、喜三郎に昨日の踏孔療治のときに八衛門と話したことを語った。

「へえ、富札の刷りをか……？」

「ああ、寺社奉行所から頼まれ、そうとう堪《こた》えていた」

「もしそうだとしたら、懸念したとおりのことが、さっそく起こったってことか」

喜三郎は、長い顎の下に手をあて顔に歪みを見せた。

「いや、それが殺されたこととかかわりがあるかどうかは、今のところなんとも言えねえ」

少し考えてから、喜三郎が言った。

「まあ、そのあたりから調べてもいいだろうな。やはり、一番気になるところだ。ところでいかりや、八衛門さんの殺され方ってのは……？」

「それがな、心の臓あたりに小さな傷跡があったんだが、それがなんだか分からねえんだ」

「分からねえって、どういうことだ？」

「血も噴き出さねえほどの、小さな傷だ。やけに鋭いもので……」

「心の臓を突いても、血が出ないってのはおかしいな。いったいなんなんだ、得物は？　ん……もしかしたら」

殺された八衛門は、刷りの版元の主である。藤十の脳裏には版木を削る道具が思い浮かんだ。

「おい、いかりや……」

藤十は、喜三郎に向けて鋭い目を向けた。

「なんだ？　そんなおっかねえ面しやがって」

「それってのは、版木を彫る刀じゃやねえだろうか？　ああ、大工が使う鑿《のみ》の小せえやつだ。なんてったか、そんなの」

「たしか、彫刻刀とか聞いたことがあるが」

「刷りの版元ともなれば、かかわりが考えられなくもねえだろう」

「なるほど……」

藤十の提言に、喜三郎は相槌を打ったものの、すぐに首を捻った。

「だけど、そんなに細い彫刻刀なんてあるのか？　かなり小さな傷だったぜ」

「やはり違うか……」

喜三郎の言葉に、藤十は考えを改めた。そして、遺体を見るまでは余計な詮索は慎《つつし》もうとも思った。

「八衛門さんの遺骸《いがい》はどこに置いてある？」

「まだ、江戸橋袂《たもと》の番所にあると思うが……」

「だったら、見せちゃくれねえか？」

「ああ、かまわねえが」

喜三郎はすぐに承諾したものの、藤十には大事な仕事が待っていた。

「いや、ちょっと待ていかりや。困ったな……」

「困ったなって、どうした？」

「これから一軒、療治に行かなくちゃいけねえところがあった。話をしてたんで間が取られちまった。約束の刻より遅れちまう」

藤十が行くところは、本所松坂町にある金貸し甚五郎のもとであった。先日も、少し遅れて行って、散々厭味《いやみ》を吐かれたものだ。

「一刻ほど、そのままにしておくことはできねえかな？」

行きと帰りで半刻、踏孔療治で半刻と見た藤十は、喜三郎に頼み込んで駆け出すように、住吉町の左兵衛長屋をあとにしたのであった。

先だって叱られたことと、早く戻りたい一心で、藤十は足の運びを速くしたのがよかった。

約束の刻に少しの間を残して、金貸し甚五郎のもとに着くことができた。

「お、お待たせいたしました」

息せき切って挨拶が、吃音《きつおん》となった。

「かなり急いで来たようだな。先だっては、厭味を言われたからな」

気持ちが分かるよと、甚五郎は声を出して笑った。機嫌は悪くはなさそうである。

「それではさっそく……」

余計なことを話している閑はないと、藤十はすぐさま踏孔療治に入ることにした。

「うつ伏せになって……」

「おい、そんなに急《せ》かすなよ。まだ、蒲団だって敷いてないではないか」

下に蒲団を敷かなくては、痛くて療治どころではない。その準備を、甚五郎はまだ取ってはいなかった。

「ならば、早く敷いてくださいな」

一刻でも早く療治を済ませたい藤十の、急かせる口調であった。

「どうしたんだね、まったく。いつもならもっとのんびりしてるってのに」

ぶつぶつと言いながら、甚五郎は蒲団を畳の上に敷いた。

「ところで、藤十さん……」

藤十が、背中に乗ったところで甚五郎が話しかけた。うつ伏せになっていても、話ぐらいはできる。

「うっ、痛」

だが、乗られてすぐに甚五郎は背中に痛みを感じた。患部の壺を圧された、心地よい痛みではない。

脊髄《せきずい》にもろに乗られ、軋《きし》む音がする。

「どちらが痛むのですか?」

「いや、壺を圧されたときの痛みではない。どうも、今日の療治は荒いようだ。いつもの藤十さんらしくはないな」

「あっ、これは申しわけございませんでした」

注意され、はっと気づいた藤十は足力杖で体重の調節をおろそかにしていたのを知った。

八衛門殺しが気にかかる。早く戻らなければとの思いが、藤十の仕事を雑にさせたのであった。

「どうかしたのかね……？」

「いえ、ちょっと考えごとをしてましたもので……」

「考えごとをしながら、人の背中に乗るなんて、まったく」

先だっては遅刻の厭味、この日は雑な仕事に対しての厭味となった。しかし、そこは藤十である。気持ちをもち直したところから、いつものとおりの療治となった。

「うう、堪《たま》らん……」

気持ちのよさそうな、甚五郎の声が口から漏れはじめた。

「いかがですか、この日の具合は？」

藤十は、心痛の壺でもある胃兪といわれる個所を、足の親指で強く圧した。しかし、甚五郎の体から反応はなかった。

「なんとも言えず心地よい。先だって痛んだところも、今日はさほどでもなく、気持ちよい痛みだ」

「左様ですか。でしたら、ご心痛のほうはなくなったようでございますね」

「ああ、このところすこぶる金の回りがよくなってな。やはり、富籔の影響からか……」

富籔と、甚五郎の口から出て藤十の脳裏にふと八衛門の顔が思い浮かんだ。

「旦那様、わたしの療治はこのぐらいにしておいたほうがよろしいと思われますが」

「なんだ、半分もやらぬうちに終わってしまうのか?」

「ええ、過度の踏孔療治は、かえってお体に負担がかかりますから。このへんで止めておいたほうが……」

よろしいでしょうと言って、藤十は甚五郎の背中から降りた。

藤十が途中で療治を止めるのは珍しい。いや、これまでにないことであった。

踏孔で負担がかかりそうなときは、手の圧でもって肩こりなどをほぐす療治に切り替える。大概の患者はどこかに疲れをもっているものだ。だが、この日の藤十は方便を使った。

それほど、藤十は八衛門の不慮の死が気にかかっていた。

「その代わり、今日の療治代はけっこうです」

「けっこうってのは？」

「いただかなくて、けっこうということです。治すところもございませんでしたし、余計な苦痛を感じさせてしまいました。お詫びということで」

療治代は無料《ただ》にすると言う。

「来てもらって、ただというわけにはいくまい。ならば、半分の二分でどうか？」

「いや、ほんとにけっこう……」

払う、払わなくていいのやり取りで、余計なときをまた使う。藤十にとっては無駄なやり取りであった。

「分かりました。ならば、その半分の……」

一分と言おうとしたところで、障子の向こうから声がかかった。

「旦那様、よろしいでしょうか？」

「ああ、番頭さんか。いいから入れ」

すでに蒲団から起き、浴衣《ゆかた》を整え直した甚五郎が声をかけた。

失礼しますと言って入ってきた番頭は、藤十に向けて一つ頭を下げると甚五郎のもとに近寄った。そして、耳元で口にする。主の甚五郎より、四、五歳上に見えるが言葉のやり取りは主従のものであった。

「……がまいっておりますが」

藤十に聞こえたのは、そこだけであった。甚五郎を訪ねての来客のようだ。

「そうか。療治も今終わったところだ。すぐに行くから、待っててもらいなさい」

失礼しましたと、藤十に頭を下げて番頭は部屋をあとにした。

「どうやら客が来たようだ。そうだ、一分でいいと言ったな。中を取ってということか。分かったから、それで……」

別段、手を打つほどの大げさなことではない。双方に、急ぐ用事ができたところで、一分で手が打たれることになった。


藤十が、甚五郎の寝間から廊下に出て、三間先の部屋の前に来たとき中から話し声が聞こえてきた。

甚五郎は、療治の浴衣を紬《つむぎ》の小袖に着替えてから客と対面する。まだ、幾分ときがかかりそうだ。

「主はまだ来ぬのか?」

「はい、もう少々だと思います。今、足踏み按摩にかかっておりましたところでして、着替えに手間取ってるのではないかと」

「何、足踏み按摩だと？」

障子が間に挟まるので、声だけしか藤十には受け取れない。一人は、さっき聞いた番頭の声である。もう一人の声には、むろん聞き覚えがない。だが、口調から町人ではなさそうである。武士の響きがこもる声であった。

「時任《ときとう》様は、足踏み按摩をごぞんじですのか？」

番頭が相手にしているのは、時任と名乗る侍であった。

「ああ、前に一度かかったことがあるが、あれは酷い……」

藤十には、時任といった侍に心あたりがなかった。

番頭は、足踏み按摩といったが、藤十はそれとは一線を画していた。だが、端《はた》から見れば藤十の踏孔療治も、見た目は足踏み按摩そのものである。

「なんと、その足踏み按摩は一両も取るというのか？　それはまたべらぼうだな」

「はい、藤十さんと申しまして……」

藤十は、番頭の口から自分の名が出たところで、廊下をあとにした。甚五郎が寝間の障子を開ける気配を感じたからであった。

つっ立って聞き耳を立てているところを、甚五郎に見られてはまずい。踏孔療治のあまりよくない評判も気にはなったが、藤十はその場を立ち去ることにした。

「……そんじょそこらの、足踏み按摩と同じくしてもらっては困るな」

独《ひと》りごちながら、藤十は帰り道を急いだ。

二

療治は四半刻ほどで終わったので、江戸橋袂の番屋には喜三郎と決めていたときよりも、幾分早く着いた。

番屋の開いた障子には『江戸橋自身番』と、墨文字で記されてある。藤十にとっては初めて足を踏み入れる番屋であった。

「へい、どちらさんで？」

むろん、初めて会う番太郎である。齢は六十といったところか、薄くなった髪におざなりの髷《まげ》が結わって、頭のうしろについている。

「藤十といいますが、いかりやの旦那と……」

「ああ、藤十さんといいやしたかい。旦那から聞いておりやす。おっつけくると思いやすんで、茶でも飲んでてくれませんか？」

すみませんと、丁寧な口調で藤十は礼を言った。

「ところで、おやっさん……」

「へい、なんでやしょ？」

番屋の土間には、八衛門の遺体はない。

番屋の中はさほど広くなく、六畳ほどの座敷の奥は、捕らえた者を留め置く板間があるだけだ。

奥の板間に、遺体を置いておくことはまずもってない。

「ここに、八衛門という人の亡骸《なきがら》は？」

「ああ、あれでしたかい。あのご遺体でしたら、すでに……」

番太郎が言ったところで、外から聞き覚えのある声が聞こえてきた。

「おお、早かったな藤十」

声を発しながら、喜三郎が番屋の中へと入ってきた。

「ちょっと療治を早く終わらしてもらってな。ところで……」

「うん、八衛門さんの遺体のことだろ」

言いながら、喜三郎の顔が曇《くも》りをもった。

「どうしたい、その面は……？」

黄色を濃くした櫨染《はじぞめ》色の袷に、足力杖を担いだ町人風の男が、南町奉行所同心碇谷喜三郎に対し、同等な口を利《き》いている。六十歳にもなる番太郎の首が傾いだ。

「どうもこうもねえ。寺社奉行所の小検使役ってのが来てな……」

八衛門の遺体をもっていったと、口惜しそうな声音で喜三郎が言った。

「寺社奉行所……？」

「こっちで預かるとかなんとか言ってな。寺社奉行所の奴らでは、もう町方の俺なんか、どうにも出る幕がねえ」

困惑したような、喜三郎のもの言いであった。

たしかに、寺社奉行所が絡んだとあっては、喜三郎の手には負えなくなる。

いずれにしても八衛門の死は、富籤とかかわることがはっきりしたと、藤十は思った。

すると藤十は、無性に父親である板倉勝清に会いたくなった。

「寺社奉行所の、なんていう名の男だ？」

「いや、小検使役とだけ言いやして……」

「それだけで、もって行かせたのですか？」

藤十の、丁寧な言葉ながらも、強い口調が番太郎の耳に飛んだ。

「すいやせん……」

頭を掻《か》いて、番太郎の白髪頭が下がった。その様を見て、藤十は自らの過信を感じた。

「いや、こっちこそ大きな声を出してすみませんでした」

番太郎を叱るのは筋違いである。町奉行所の同心ですら手を焼く寺社奉行の配下である。単なる番屋の番人で、どうして引き止めることができようと藤十は思いがいたり、老いた番太郎に向けて頭を下げた。

寺社奉行所は奉行を筆頭として、職務を遂行するにあたり所轄《しょかつ》に役人が配置されている。

大きく分ければ、訴訟《そしょう》事務を扱う『吟味《ぎんみ》物調方』と、各所にある神社、寺院を見回《ず》って統治する『大検使』『小検使』の役職がある。僧侶たちの素行を調査し、勧進相撲《もう》などの見世物興行の監視役となり、富籤興行などを管轄《かんかつ》する役目であった。

大検使は、町奉行所でいえば与力と同様とみてよかろう。小検使は、その配下で同心の役目にあたる。

寺社奉行には大名が携《たずさ》わり、三奉行の内でも旗本から任命された勘定奉行と町奉行よりは格が上とされていた。

喜三郎が出る幕がないと言ったのは、この格付けにあった。神社仏閣の境内の中で起きたことに、やたらと町方同心は踏み込めないことになっている。

おそらく八衛門の遺体は、寺社奉行所にもち込まれ、なんらかの処理がなされるのであろう。

「下手をしたら、八衛門さんは家に戻れないかもしれないな」

「なんだって、藤十にそんなことが言えるんだ？」

「死因が詳しく調べられるのがいやだからだろう」

「いやだからって言ったって……」

「何を隠したいのだか？」

喜三郎の、語尾をつかむように藤十はあとの言葉を追って言った。

寺社仏閣の中でなら、それでもなんとか探りを入れることはできよう。だが、寺社奉行直々の配下では――。

「……面倒なことになってきたな」

藤十の呟く声が、喜三郎の耳に入った。

「ああ……」

深いため息が、喜三郎の口から漏れた。

富籤に絡む事件が、のっけから難儀の体を示してきた。

版木を彫る道具で、八衛門は殺されたと喜三郎は見て取っている。

「それがな、藤十。今しがた、八衛門さんの工房に行って職人に彫刻刀っていうのを見せてもらったんだ。いろいろと刃の形があるもんだなあ、あれは」

「ああ、細かい字を版木に浮き出すんだからな。それで……？」

「しかし、あんなもんで人ってのが殺せるのかなあ？」

いくら小さな傷でも、心の臓に達したとあったら血飛沫《ちしぶき》はすさまじいものであろう。それがさほどでもなかった。そこに喜三郎は首を傾げた。

喜三郎が、腕を組んで考える。検視をしておきながらも、今にして半信半疑となった。

「どういうことだ？」

「版木を削る道具ってのは、刃の部分はえれえ短いもんなんだな。せいぜい、一寸ほど……」

喜三郎は、親指と人差し指を開いて藤十に見せた。

「俺も以前、八衛門さんのところの仕事場を一度見させてもらったことがあったが、あの版木を彫るという仕事は、大変なものがあるよな。彫りの職人が、一心不乱に木を削ってるところなんか、鬼気迫るものがあった。それで、板を彫る刀なんだが、刃渡りなんかはせいぜいそんなものだ。そんなんでもって、心の臓など突けるんかな？」

藤十は以前に見た彫刻刀の刃の長さを、喜三郎の広げた指の幅に重ねた。体の壺を刺激する針よりも短い。

藤十も、喜三郎と同じ思いになっていた。

「やはり、八衛門さんの心の臓のあたりに、小さな傷があったというが、彫り職人のもつ道具で人を殺《あや》めることができるとは、俺にも到底思えねえ」

藤十は、ほかに死因があるものと、思いをめぐらせた。

「なあ、いかりやよ……」

「なんだ？」

「やはり、これは細かく調べてみねえとなんとも言えねえな」

体のことに詳しい藤十に意見を聞こうと、遺体を詳しく調べなかったことを、喜三郎は悔いた。

いずれにしても、寺社奉行所の役人にもっていかれては、死因を調べることができない。

「せめて、八衛門さんを家に戻してくれればいいのだが」

「それを願うより、ねえな」

喜三郎は、自分の迂闊《うかつ》さを悔いているのか、声音が小さくなっている。

「……甚五郎さんとの約束を反故《ほご》にしても、先にこっちに来るべきだったか」

藤十は独りごち、すぐに現場に駆けつけられなかった自分を責めた。

「まあ、しょうがねえやな」

過ぎたことをくよくよ考えていても仕方がない。と言うのが、二人の通じた意見であった。

となれば、気持ちもすぐに切り替わる。

藤十は、この先のことに思いを馳せた。

「ところで、家族には知らせたのか？」

「…………」

喜三郎からの返事はない。顔が天に向いている。

「どうかしたのか？」

「それがだな……」

幾分考えた末に、喜三郎が言った。

「現場でお内儀に遺体を見せ、確認をさせた。その場で遺体の引き取りをせがまれたが、詳しい検視があると、それは断った。だが、寺社奉行所の役人にもっていかれたとは、まだ言ってねえんだ。どう、いい含めていいものか……」

おめおめと、寺社奉行所の役人にもっていかれたのは、町奉行所として失態である。そこに苦慮をする、喜三郎の顔であった。

「お佐代《さよ》さんには、そのことをまだ報せてねえのか？」

八衛門の女房の名は、お佐代といった。

「だったら早いところ告げてやったほうがいいんじゃねえか。今からでも一緒に行こうぜ」

「ああ、そうだな」

もう江戸橋の番屋には用事がない。藤十と喜三郎は、飛び出すように番屋をあとにした。

三

日本橋平松町にある八衛門の住まいへは、江戸橋から四町と離れていない。

途中、藤十と喜三郎は八衛門が倒れていた現場に立ち寄った。日本橋川南河岸に沿って、蔵が建ち並ぶところである。

川幅三十間の広い川岸には、ところどころ荷下ろしをする桟橋が架《か》かっている。北側の対岸一帯は、魚介類の水揚げをする魚市場であった。

八衛門が倒れていたのは、江戸橋から日本橋に向かい一番手前の、幅が一間ほどの、縁台のような浮き桟橋の上であった。

朝の一番船が桟橋に横づけしようとしたところで、船頭が見つけ江戸橋の番屋に駆け込んだという。

周囲は、すでにいつもの喧騒《けんそう》が戻っており、水夫《かこ》を叱《しか》る親方の声も聞こえてくる。

今朝方、そこで人が殺されていたという面影《おもかげ》はいっさい残ってはいなかった。

「浅吉たちに、この界隈《かいわい》を聞き込みさせてるんだがな」

周囲の景色を眺めながら、喜三郎は言った。

「こんなことを言っちゃ浅吉親分に申しわけないが、ここは佐七のほうがよくねえか？」

寺社奉行所が絡んでくる以上、おいそれと真正面からつっ込むわけにはいかないだろうというのが、藤十の町方同心に向けての提言であった。

「そうだな。こいつは本当に、佐七の力を借りねえといけなくなった。そうだ、美鈴どのもいたな」

喜三郎は、藤十たちに探索を委ねることをここにきてはっきりと決めた。

「よし、段取りを決めようじゃねえか」

となれば、さっそく集まらなければならない。

「早いうち、鹿の屋に集まるとするか。できれば、今日の夕刻でも……どうだい、いかりや？」

藤十が、喜三郎に問うた。

「そうするかい……」

喜三郎の返事を聞いたあと、藤十は現場の周囲を見やった。

黒の漆喰《しっくい》に、白い斜交《はすか》い格子模様の海鼠塀《なまこべい》の蔵がずらりと並ぶ。滑稽本の版元である八衛門には、縁がなさそうなところであった。

現場はもういいだろうと、藤十と喜三郎は八衛門の宿を目指すことにした。

昼はとうに過ぎ、九ツ半にもなろうか。

佐七と美鈴にも渡りをつけなくてはならない。これからは、忙しくなるなと藤十は思った。

――忙しくなるか、か……。

金貸しの甚五郎が言った予測が当たってきたようだと、藤十の顔は渋みをもった。

「いかりや……」

八衛門の宿に向かう、道すがらでの会話である。歩きながら、藤十は喜三郎に声をかけた。

「なんだ?」

急ぐ足には、言葉も短めである。

「浅吉親分にいつ会う?」

「八ツ半にさっきの番屋で」

「だったら……」

藤十も速足で出す息と、話の息が絡み合って言葉がつづかない。

「親分に頼みてえ」

「何をだ?」

「用事を」

「その用事ってのは?」

速足に合わせ、言葉も早口となる。四町歩くまでに、済ませなければならない会話であった。

「美鈴に渡りを」

「つけてえのだな」

「ああ」

「よし分かった」

「佐七には俺が」

「だったら暮六ツ」

「鹿の屋でな」

と、藤十が言ったところで、二人は工房の隣にある三年堂の母屋《おもや》に着いた。

玄関先はひっそりとしている。

弔問客《ちょうもんきゃく》が一人もいないのは、遺体が戻ってないからであろう。

藤十が昨日来た家である。そして、喜三郎は今朝方隣の工房を訪れた。

喜三郎は、あらかた八衛門の様子を内儀から聞いていたが、たいしてつかみどころはなかった。

これから会うのは、詫びを入れるためのものである。玄関の戸を開ける前に、喜三郎は着物の襟元を正した。

「ごめんくださいよ」

言って喜三郎は、玄関の格子引き戸を開けた。

二度ほど奥に向けて声を飛ばすと、女の声が聞こえてきた。

「はあい、どちらさまで……？」

玄関の板間までできて、八衛門の内儀であるお佐代は喜三郎と藤十の顔を認めた。

「あら、八丁堀《はっちょうぼり》の旦那に藤十さん」

顔見知りの二人である。だが、そのかかわりが分からぬお佐代は、藤十と喜三郎の顔を交互に見やった。

「俺たちは、昔からの知り合いでして……」

お佐代とは馴染《なじ》みのある藤十のほうから、喜三郎とのかかわりを言った。

「このたびは、八衛門さんが大変なことになったようで。昨日はお元気でありましたのに……」

昨日来て踏孔療治を施したことを含めて、藤十は弔意を示した。

普段は気丈なお佐代である。しかし、このときはうつむき目頭に袖の袂をあてている。

「主人はどうして死んだのでしょうか？」

「いや、それはこれから調べるところでして……」

これには、喜三郎のほうが答えた。

すると、しばしうつむいていたお佐代が、にわかに上を向くと喜三郎に潤《うる》んだ目を向けて言った。

「主人を返してください」

残された者の悲しみが、しんみりと声音の中に宿る。

「えっ……ええ」

お佐代のすがるような眼差《まなざ》しに、喜三郎はたじろぎを見せた。しかし、いつまでも引いているわけにはいかない。

「実は、お内儀……」

言い出しづらいが、どうしてもここは言わなければならない。

「申しわけない、このとおりだ」

喜三郎は、頭を深々と下げ詫びから入った。だが、それだけではお佐代には意味が通じない。

「旦那、いきなり頭を下げられたってわけが分かりません。申しわけないとは、いったい何がございましたのでしょう？」

「実は……」

かくかくしかじかと、喜三郎は八衛門の遺体が寺社奉行所の役人にもっていかれてしまったことを、一気に語った。

「あれ……？」

意外にも、お佐代の顔に驚くふしは見えない。むしろ、喜三郎の言葉に首を傾げているようにもとらえられた。

「どうかされましたか、お佐代さん？」

藤十も、怪訝《けげん》に思って訊いた。

「先ほど、四半刻も経《た》ってないかしら。今旦那がおっしゃってました寺社奉行所のお役人が、主人の遺体をもってこられましたが」

「えっ？」

これには、藤十と喜三郎は互いに見合って首を捻った。

「さっき、お内儀はご主人を返してくれとか……」

喜三郎は、その意味が分からずに訊いた。

「それは、八丁堀の旦那にああでも言ってすがるより、気持ちのもっていきようがなかったのです」

主人を返してと言ったのは、お佐代の悲嘆の捌《は》け口からであった。

ともかくも、八衛門の遺体は返却されて、喜三郎は安堵の息を吐いた。

「ちょっと、ご主人に会わせていただけませんか？」

藤十が頼み込んだ。

「はい、それではこちらへ。主人も喜ぶと思います」

玄関の土間には履物はない。弔問客が来ないうちに検視を済まそうと、藤十と喜三郎は思っている。

「ところでお内儀……」

喜三郎がこの場で検視をしたいと頼み込む。

「詳しいことを調べる前に、寺社奉行所が……」

それで、まだ調べてないところがあると、喜三郎は言った。

「でしたら、どうぞ。お客様はまだしばらく来ませんから、ゆっくりとお調べになってください」

死因が死因であるからと、八衛門が戻る前には親類縁者たちには報せていないという。調べがはっきりとしてからと、お佐代は伏せておくことにしたのだと言う。

これから、方々に報せを打とうとしたところに藤十と喜三郎が来たのだとも言った。

八衛門が安置されている部屋は、きのう藤十が踏孔療治を施した六畳の間であった。

その真ん中あたりに、枕を北にして八衛門の、もの言わぬ姿があった。

付き添うように蒲団の片側に、二人の男が並んで座っている。

町方同心である喜三郎の姿を見て、幾分驚く顔となった。

「ご苦労様でございやす」

五十歳ほどに見える印半纏《しるしばんてん》をまとった男が、部屋に入った藤十と喜三郎に挨拶をして、男二人の頭が下がった。もう一人の男は、二十を幾らか超えたあたりの若者であった。やはり、同じ三年堂の屋号が襟に入った印半纏をまとっている。

「この人たちは、お客様ではございません。うちの職人たちで……」

「ええ、ぞんじてます。以前、お目にかかったことがございましたね」

お佐代の紹介に、藤十は小さく頭を下げた。二人とも顔は知っている。年上のほうの名は分かっているが、若いほうの名は失念していた。

「先刻は、邪魔したな」

喜三郎は、一刻ほど前に三年堂を訪れて、聞き込みをしているのですでに顔見知りとなっていた。だが、二人の名は聞いていない。

「彫りのほうの親方でしたな？」

「へい、源次郎《げんじろう》と申しやす」

親方だけあって、彫りが深く厳《いか》つい面相である。職人として叩き上げてきたような、骨太の男らしさがあった。

「それで、こいつが彫りのほうの職人で仙吉《せんきち》と申しやす」

若い仙吉、声を出さずに頭だけが再び下がった。

「おい、しっかりと声を出して挨拶をしねえか」

「仙吉と申します」

男には思えぬほど細い声である。やはり、顔と体も細めであった。

こんな細い体で、あの固い版木が削れるのかと、藤十は思った。

「いや、こいつはこんな細い体をしてやすが、見どころがありやしてねえ。まだ、仕事は粗いけど、文字を彫らしたらけっこういいものを作るんでさあ」

親方の誉《ほ》めに照れたのか、仙吉が小さく頭を下げた。

「この二人の力を借りて、主人を部屋に安置しましてねえ……」

玄関に履物がなかったのは、裏の勝手口に回しておいたからだと、お佐代は言った。

四

挨拶はほどほどにして、検視をせねばならない。

「これから、八衛門さんのご遺体を検視しなけりゃいけねえんだが、ちょっとの間、場を外してくれねえか？」

人がいてはやりづらいとの思いで、喜三郎が言った。

「えっ、これからですかい？」

源次郎の、怪訝そうな顔が向いた。

「ああそうだが、何かあったかい？」

「旦那様は、殺されたんで？」

「そうみている」

ここで、源次郎と仙吉の首が大きく傾いだ。

「どうしたい？　何かあったら聞かせちゃくれねえか」

「へえ……」

口ごもる、源次郎の様子であった。

「先ほど、旦那様の遺体を運んできたお役人が……大八車を牽《ひ》いてきたのは人夫ですがね」

「そんな細かいところはいいから、話を先に進めてくれねえかい」

喜三郎が、源次郎に話の先を促した。

「へえ、それでその役人は寺社奉行所のお方でして、こんなことをおっしゃってました。『――寺社奉行所で検視をしたが、この者は殺されたのではなく、急に心の臓の発作《ほっさ》を起こしたのだ』と、そんなようなことを。なあ仙吉、そう言ってたよな」

源次郎の語りに驚いた顔を向けているのは、お佐代であった。

「親方、それっていつ聞いたのです？」

「えっ、女将さんはごぞんじなかったので？　あっしたちは、大八車から旦那様を降ろすときに聞きやしたが」

「あたしは聞いてませんが。今朝の、八丁堀の旦那の話では誰かに殺されたものと……えっ、違うのですか？」

「ですから、あの寺社奉行所の役人はそう言っておりやした」

どうも話が嚙み合わない。藤十と喜三郎は、不思議な思いをしてこのやり取りを聞いていた。

「とりあえず、視《み》るだけみよう」

喜三郎は、かけた蒲団をはがそうとした。

「八丁堀の旦那、すでに検視は済んでいるそうですぜ。そう幾度も視られちゃ、仏様だって成仏しやせんですぜ」

源次郎は、彫りの深い顔に、歪みをもたせて喜三郎に向いた。

「……ん？」

源次郎の抵抗とも思える文言を聞いて、喜三郎はその長い顎の先に梅干しのような皺を作った。得心のいかないときにできる、喜三郎の表情の一つであった。

藤十は脇にいて、喜三郎のその表情を久しぶりに見る思いであった。

「それは寺社奉行所の調べだ。町奉行所としても調べを入れねばならん」

喜三郎は、定町廻り同心としての権限を表に出した。

「出てってもらおうか。ただ、訊きてえことがあったら呼ぶから、隣の部屋にいてくれ」

さらに権限を上乗せするかのように、懐から朱房のついた十手を取り出して言う。

「……へい、分かりやした」

ここまで役権を示されたら、源次郎だって引かざるを得ない。抗《あらが》いはできぬと、仙吉を促《うなが》し隣の部屋へと移った。

「お内儀も、申しわけねえが……」

外してくれと、喜三郎は言った。

お佐代も遅れて、隣の部屋へと出ていく。

お佐代の姿が消え、襖が閉まったところで藤十と喜三郎は、八衛門の屍《しかばね》に向けて合掌する。宗旨は浄土宗と聞いているので『南無阿弥陀仏』と、三遍念仏を唱えた。

そして、おもむろにかけてある蒲団を剥いだ。

「今朝方の着姿ではねえな」

　栈橋の上で倒れていたときは、千本縞《せんぼんじま》の上等な紬を着込んでいたが、今は夜着に着替えさせられている。薄い浴衣生地《きじ》であった。

「着ていた着物も、もう一度見たかったたな」

　ここでもおざなりな検視だったことに、喜三郎は悔恨《かいこん》の思いとなった。ふっと、ため息も一つ漏れる。

「過ぎちまったことは仕方ねえだろう。気にするなって」

　藤十は、喜三郎のやる気が削《そ》げぬよう力づけた。

「そうだなあ……」

　喜三郎は、藤十に感謝する思いで気持ちを立て直した。

「早いところ視てしまおうぜ」

　藤十がせっつき、喜三郎が着せてある浴衣の胸元を剝いだ。

　すでに、冷たくなった八衛門の体が手に触れる。

「あっ」

　と、声を上げげそうになったのは、二人同時であった。

「ねえな……」

「どういうことだい、いかりや？」

心の臓は胸の左側にある。その急所目がけて突いたと思われる、小さな傷が跡形もなく消えている。

「いや、たしかにここのところについていたはずだが……おかしいなあ」

言って喜三郎は、長い顎の先端に手をあて首を捻った。

血の気がなくなり、白くなった胸板に傷跡は一つもない。

「いかりやが見間違え……」

いや、そんなことはなかろうと、藤十は途中で言葉を止めた。

喜三郎が指をさしたところを、藤十はじっと見やった。

「おい、よく見てみろ」

「ん……これは？」

「しかし、ずいぶんとうまく塞《ふさ》いだものだなあ」

心の臓に向けて開いていた小さな傷は、焼いて塞がれたようだ。小指の爪の先ほどにも満たぬ、小さな引きつりができている。もし、刺された傷を見ていなければ、到底見逃してしまうほど精巧に閉じられていた。

八衛門の上半身を隈《くま》なく調べて、藤十と喜三郎の検視は終わった。ほかには殴られた痕も斬られたあともなく、死因となる外傷はなかった。

喜三郎はここで、迷うことになった。

「殺しとして上げていいものかどうか、藤十はどう思う?」

八衛門の遺体の偽装は、寺社奉行所との衝突は避けられねえだろうな」

「殺しに間違いねえだろうよ。だが、寺社奉行所の仕業《しわざ》と藤十と喜三郎は思っている。

「しかし……」

腑に落ちないこともある。

「心の臓を刺されたってのに、どうして血が出ないのだろうなあ」

藤十の首は大きく傾いだ。しばらく、腕を組んで考える。

「……ずいぶんと、傷を小さくしやがったなあ」

藤十の思考を削がぬよう、喜三郎が呟くほどの声で言った。

「ん……いかりや、今なんて言った?」

喜三郎は、同じ言葉を繰り返した。

「そうか、分かったぜ。おそらく、そういうことだな」

隣には聞こえないほどの声で、藤十は言った。

「分かったって、何がだ?」

「得物は、心の臓を突いたんではねえってことだ。この状態で専門の検視役人に見せたところで、心の臓の発作と書かれるだけだろうよ」

藤十の言うことの意味がつかめず、喜三郎はただ顎の先を撫でるだけであった。

「どういうことだ？」

「これはおそらく秘経を突いたものかもしれない」

「秘経……それってなんのことだ？」

「長ったらしくなるんで、ここではなんだ。あとで、話をする」

「そうかい。ところで、どうする？」

喜三郎が、結論をつけられず藤十に問うた。

「どうするって、何がだ？」

「この処理をだ」

「どっちだって好きなほうにしたらいいが、俺はただ八衛門さんの意趣を晴らしたいだけだ。どうしようもねえ悪党が絡んでるに違いない。もしそうだとしたら、それをとっちめるってことだ」

藤十とすれば、八衛門を殺めた下手人の裏に隠れた大きな悪をつきとめたい。思いはその一点であった。

「だとしたら、とりあえず寺社奉行所の言うとおりにしとくか？」

奉行所同心の喜三郎としては無念ではあったが、まともな届けを出しても上からの圧力がかかること請け合いである。ならば、藤十たちと裏の探りを入れようと気持を決めた。

「あとは、佐七と美鈴を交《まじ》えて話し合おうぜ」

ここでの、二人の結論であった。

「終わりましたよ」

隣に控える八衛門の女房であるお佐代と、職人二人に喜三郎が声をかけた。

腰を前かがみにして、三人が静かに入ってくる。

「何か、ご不審なところが……」

ございましたでしょうかと、お佐代は不安げな顔をして訊いた。また、主人の遺体をもち出されるのはいやだとの思いが表情に現れている。

「いや、やはり寺社奉行所の診立《みた》てのとおりでありましたな。心の臓の発作ということで……ご愁傷《しゆうしよう》さまでございます」

「ご愁傷さまで……」

藤十も、喜三郎のあとを追って弔意を言った。

八衛門に向け合掌すると、念仏を三遍唱えて二人は立ち上がった。

「ご苦労様でございやした」

親方と若い職人がそろって頭を下げた。それが、ほっとした様子にも見え、藤十は担ぐ足力杖の片方に施した、相州五郎《そうしゅうごろう》入道《にゅうどう》正宗八代孫《はちだいまご》綱廣《つなひろ》と茎《なかご》に記された『仕込み正宗』の鞘を片手で握った。

――こいつを、いつかは抜いてやる。

まだ見えぬ悪に向かって、藤十は心の中で気合いを吐いた。

藤十と喜三郎が八衛門の検視を済ませ、母屋を出たときであった。隣に建つ工房の陰に立つ二人の男が、藤十と喜三郎の姿をじっととらえていた。

一人は深編笠《ふかあみがさ》を被った武士であり、もう一人は若い職人の形《なり》に見える。

「あの、肩に変な杖みたいなのを担いだ男を知っておるか？」

「はい、富田《とみた》様。足踏み按摩で主人を療治していた、名はたしか藤十といってました」

「……藤十」

富田と呼ばれた侍の、呟く声があった。

五

暮六ツまでにはまだ二刻近くの、ときの余裕があった。

二人を見ていた若い男が、そのとき動き出す。

「さっき、浅吉親分に頼んで美鈴のところへ使いに言ってもらおうと思ったが、自分で行くことにする」

「遠慮しなくたっていいんだぜ。浅吉にもこの件から降りてもらうんで、幾らか閑になるだろうから」

帰りの道はゆっくり歩けるので、会話も支障なくできる。

「いや、やはりなるべくなら他人《ひと》の手は借りたくないしな。まあ、借りるとすれば、お向かいに住むお律《りつ》ちゃんぐらいなものか」

住吉町の左兵衛長屋で藤十の向かいに住む、今年十九歳になるお律は、藤十や佐七が留守の場合、喜三郎とのつなぎで役に立ってもらっている。藤十は、佐七を見ると顔を赤らめるお律のことを思い出して言った。

「そうか、これ以上手を増やしてもな」

「だが、岡っ引きとしての力が借りたいときがあるから、そのときはいかりやのほうからよしなに頼むわ」

悪党狩りの素性《すじょう》は明かさぬが、表からの捜査が必要なときもある。そのときは、浅吉にも役に立ってもらおうとの思いであった。

「ああ、分かった。おっと、日の加減ではそろそろ八ツ半になるな。番屋に急がねえと、浅吉が来てしまう」

そこから先は急ぎ足となって、二人の会話は止まった。

江戸橋手前にある番屋の前で別れ、藤十は日本橋川を渡って、美鈴の住む神田紺屋町へと足を向けた。

番屋に戻るとすでに浅吉は、喜三郎のことを待っていた。

「ご苦労さんでございやす」

番屋の敷居を跨ぐ早々、浅吉の声が中から聞こえてきた。

小太りで、色の白いところは動きが鈍《にぶ》そうだ。一見、どこか商家の若旦那風に見え、岡っ引きには見えぬ凡庸《ぼんよう》としたところがある。藤十が、仲間として引き入れないのは、この見栄《みば》えにあると喜三郎は思った。

齢は二十八と喜三郎よりも若い。年上の岡っ引きだと、何かと遠慮も出るが幾らかでも年下だと何かと都合がよい。

「ああ、早かったな」

言葉一つにしても、気遣うところはなかった。

「へえ、耳寄りなのを聞き込んできやして。旦那が早く来ねえかと待っておりやした」

「耳寄りなこと……八衛門さんのことでか？」

八衛門殺しの件では、町方同心としては降りることにしている。だが、悪党狩りの捜査ではつづけることになった。

喜三郎は、このときふと考えた。

――浅吉をうまく使えれば……。

これは戦力になると。ただ、その場合は幾つか懸念されることもある。浅吉が調子に乗りすぎて、つっ込みすぎはしないかというのも心配事の一つであった。

もともと岡っ引きの仕事は危険が伴うものだ。だが、藤十の口からよく出る、巨悪が絡む事件の捜査はその比ではない。一つ間違えれば、そのまま死に直結する。

浅吉を使うのはやはりやめようと、喜三郎は思った。

「へえ、今はそれであたってますから」

「つべこべ言わなくていいぜ。それで、どうした?」

「そこの路地に稲荷《いなり》がありやすよねえ」

「道を挟んで、二つあるがどっちだい?」

「大きいほうの青物《あおもの》稲荷と聞いてやすが」

青物町脇にある通称青物稲荷は、狐の彫刻が施された門柱から、祠《ほこら》への参道が七間ほどある神社であった。

「その青物稲荷がどうしたい?」

「そこで、朝方とはいっても明け六ツ前ごろですか……」

いつも八衛門は明け六ツ前に、近くの神社にお参りするとお佐代が言っていたことを喜三郎は脳裏に思い浮かべた。

「それで……?」

取り立てて、聞くところではない。喜三郎は浅吉の口を急がせた。

「その八衛門さんを見ていた人がおりやしてね……」

「見ていた人?」

「六十歳もとうに過ぎた老人なんですが、いつも朝っぱらの参拝で顔を合わせているのでよく知っていると。その老人の話では……」

老人が稲荷の祠に願をかけ、さて戻ろうとしたところで門柱の前を歩く八衛門を見かけた。おはようございますと、挨拶をしようとするが、七間も離れていては声が届かない。老人は、八衛門が境内に入ってくるものとばかり思っていたが、そうではなかった。

八衛門は祠のほうを見ることもなく、門柱の前を通り過ぎて行った。

はておかしいと、老人は八衛門のあとを追ったが、いかんせんよろつく足である。短冊形に敷かれた敷石のつなぎ目に足を取られ、その場で転んでしまった。

「かええそうに、その老人、腕の骨を折ったか手を吊ってまさあ」

「それだけかい？」

「ええ、老人から聞いた話はそれだけなんですがね」

「そうかい……」

浅吉が聞いてきた老人の話を、喜三郎は胸の内にしまいこんだ。

「それで、ほかには？」

「いえ、申しわけありやせんが……」

界隈をあたっても、浅吉が聞き出してきたのはここまでであった。

「いや、謝ることなんかまったくねえぜ」

「えっ？」

いつもは、それっぽちかいと厭味の一つも出る喜三郎であったがこのときは違った。訝《いぶか》しそうな浅吉の顔が、喜三郎に向いた。

「いや、これは事件じゃなかったんだい」

「八衛門さんていうお人は、殺されたんではなかったのですかい？」

「ああ、それが証拠に、現場には血の一滴もなかっただろ」

「ですが、胸に刺し傷が……」

「心の臓を、鋭い得物で突いたとしたら、倒れていた桟橋の上は血の海だったぜ。多分……」

「左様ですねえ、そう言われれば」

「あの傷は、なんかでついたんだろう。今朝方は、こっちのとんだ早とちりだったかもしれねえ」

喜三郎の語りの節々《ふしぶし》で、浅吉はうなずきを見せた。

「そんなんでな、あれは心の臓の発作っていう診立てになった」

心にも思っていないことを、喜三郎は浅吉に言った。苦渋の思いがこもるが仕方がない。

「これから三年堂さんは、弔《とむら》いで忙しいことだろうよ」

このやり取りを、そばで聞いていた者がいた。

「それでは旦那、あの仏さんは寺社奉行所から戻って来たんで？」

「とっつぁんは、余計なことを言わねえほうがいい」

喜三郎の咎めは遅かった。

「えっ？　八衛門さんの遺体は寺社奉行所の手に渡ったんですか」

番太郎の言葉は、浅吉の耳に入っていた。

「初耳でした」

この事件には、寺社奉行所が絡んでると知った浅吉は、喜三郎の消極的な態度がなぜであるかが分かった。

仕方ねえんだと、言おうとしたところで浅吉が言葉を被《かぶ》せて遮《さえぎ》った。

「ええ、これで分かりやした。これからは、ほかの事件をあたりやしょう」

浅吉のとらえかたは、喜三郎の考えていたことと幾分違っていた。しかし、それでいいのだと、このとき喜三郎は思った。

そのころ藤十は、神田紺屋町にある剣術道場『誠真館』の裏庭に回り、下男の六助を呼び出していた。

直接美鈴を呼び出すには、なんとなく憚《はばか》られるものがあったからだ。

藤十なりの気の使い方であった。

「こちらに六助さんていう方がおられると……」

稽古着を脱《ぬ》ぎ、井戸端で体を拭《ふ》いている三人の門弟に向けて藤十は声をかけた。

「ちょっと待ってくだされ、今呼んでまいります」

体を拭《ぬぐ》い終えた門弟の一人が、藤十の頼みに乗った。

思えば、藤十は初めて来るところである。顔見知りは一人もいなかった。

しばらく垣根越しで待つと、六十歳にもなろう見覚えのある男が木戸を開けて路地に顔を出した。

「これは、藤十さん……」

美鈴からのつなぎは、六助を通して藤十まで来ることになっている。すでに、数度は会っているので、単なる顔見知りの域はとおり越していた。

「忙しいところ、申しわけございません」

六助の物腰にすきが感じられない。単なる老いた男とはどうしても見えないのだ。

人を外見で判断するのは憚られるが、どうも一目置くような芯が通る何かを感じさせる男であった。昔は相当ならしたのだろうが、そのことを当人はおろか、美鈴も一言だって口に出したことはない。

そんな思いがついてまわり、藤十は普段以上の丁寧な言葉で接していた。

「そんな、丁寧な言葉よしてくださいまし。背筋がくすぐったくなりまさあ」

六助は、皺の増えた顔に笑みを浮かべながら言った。

「ところで、藤十さんがなぜ？」

「美鈴、いや美鈴どのに伝えたいことがありまして……」

「はあ、伝えたいとはまたお集まりでも？」

「はい、暮六ツ鹿の屋に来ていただければありがたいと」

「おや、また何か大事《おおごと》でも……？」

六助の目が、一瞬光ったのを藤十は見逃さなかった。その眼光はまたたく間に消え去るものの、藤十は六助に勘の鋭さを覚えた。

――もしかしたら、美鈴と俺のかかわりを知っているかも。

従兄妹とだけは告げてある。おそらく美鈴も本当のことは話してはいないであろう。以前あった逢麻の事件では六助が絡むことはなかった。だが、一連の動きから、二人の縁を単なる従兄妹でないと悟《さと》ったとしても、この男なら不思議ではないと藤十は思った。

「六助さんにも、いろいろとお世話になりますが、よろしくお願いします」

ことの内容を語らぬまでも、藤十は下男の六助に頭を下げた。

「おや……？」

藤十は、六助の右手を見てふと思ったことがあった。だが、ここでそれを口にすることはなかった。

「そんな礼など……。そうだ、美鈴様は今門弟に稽古をつけておられますからちょっとお待ちください。返事を訊いてきますから」

「お願いします」

またしても藤十は六助に向けて頭を下げた。

六

美鈴からの返事を待つ間、藤十は思っていた。

——いよいよ、親父様に会う必要があるな。

親父様とは、老中板倉佐渡守勝清のことである。どうやら事件の根幹に寺社奉行所が絡んでいるようである。そして、賞金一万両の富籤とかかわりがあることは、藤十の内では合致している。

おそらく、富札の受注が八衛門の命運を変えたものに違いない。

――だが、誰がどうして……？

「……ああ、ややっこしい」

「藤十さん……」

思考が絡まりはじめたところで、藤十の耳に六助の声が入った。

はっとわれに返り、藤十は六助の皺顔に目を向けた。

「何か、ややっこしいとか呟かれておられましたが……？」

「いや、なんでもありません。ちょっと、踏孔の壺のことを考えていたものですから。どの壺と、どの壺を圧せば、どんな効能があるのかと……まあ、そんなところです」

ごまかしというのは饒舌《じょうぜつ》になるものである。

「左様でしたか。踏孔療治というのも、大変なお仕事なんでしょうねえ？」

どうでもいいような問いは、藤十に対する六助の、つき合いのようなものであった。

「ええ、まあ……」

口ごもる声で、藤十は六助の問いに答えた。

それにしても、あんなに小さく発した声がよく聞こえるものだと、藤十は六助の耳のよさに感心する思いであった。

「ところで美鈴様ですが、かしこまりましたと言っておられました」

「左様ですか、雑作《ぞうさ》をおかけしました。それではこれで……」

失礼しますと、藤十が振り向いた背中に六助の声がかかった。

「こんな老《お》いぼれですが、どうぞお役に立ててくださいましな」

藤十は、振り向くことなく頭を下げた。その折はよろしくとの思いは、六助に伝わっただろう。

日が延びているものの、春浅いころでは暮六ツになるのが早い。

あっという間に一刻半が経ち、小舟町の鹿の屋に集まるときとなった。

このあたりに刻を報せる鐘は、日本橋石町《こくちょう》からのものであった。本撞きの余韻が短いところに、ここの鐘の音の特徴がある。耳にいつまでも残らないというのが、もっぱらの評判であった。

「ごめんくだされ……」

幾分遅れて来たのは、美鈴であった。謝りながら、いつもの部屋の襖を開けた。

この日の美鈴の出で立ちは、先日のものとはがらりと変わり、弁柄《べんがら》色の小袖に、紫紺の平袴である。頭は櫛《くし》が挿さった丸髷ではなく、馬の尻尾のような髷が肩のあたりまで垂れ下がった、若衆侍の姿であった。また、これはこれで見栄えがある。

「遅れまして、申しわけござりませぬ」

おのずと口調も、男のものに合わせる。

「いや、たいして待っていませんでしたから、どうぞこちらに」

喜三郎が手招きをして、美鈴を導き入れた。

いつものように藤十と並んで座り、座卓を挟んで喜三郎と佐七に向き合う。

「注文は適当にしておきましたが、よろしいですかな？」

美鈴を前にすると、喜三郎の口調も堅くなる。家には妻、ここ鹿の屋にはお京という愛妾がいるというのに、美鈴に女を意識しているような感じだ。だが、不埒《ふらち》なことまでは思いは浮かぶものではなかった。

「ええ、鹿の屋さんのものは、なんでもおいしいですから」

それはよかったと、喜三郎は本題に入った。

「来た早々さっそくなんですが、先日ここで話した懸念していたことが、とうとう起こってしまいました」

美鈴がいるだけで、喜三郎はいつもの口調と異なる。

「懸念したことと申されますと、賞金一万両の富籤に絡んだことですか?」

「左様でございます」

美鈴の問いに、喜三郎が丁重《ていちょう》に返した。

「おい、いかりや。そんな、よそ行きの言葉を使わなくてもいいぞ、かたっくるしくていけねえ」

そこに藤十が、半畳《はんじょう》を入れる。

「いったい何が起こりやして?」

話が進まぬもどかしさに、佐七が口を挟んだ。

植松の印半纏を着た、職人の形《なり》である佐七もこの日は植松の仕事で出向き、一日中長屋を留守にした。藤十が向かいに住むお律に残した伝言を聞いて、駆けつけて来たのである。

二人ともこれから聞く話は、はじめてのことであった。

「何から話そうかい？」

喜三郎が、藤十に話の筋道を訊いた。

「俺の踏孔療治の客に、絵草子とか滑稽本を刷る版元がいてな。三年堂って知ってるか？」

ここは藤十からの語りとなった。

「屋号ぐらいは……」

美鈴は首を縦に。

「いや、あっしは……」

佐七は横に振った。美鈴は多少読書を嗜《たしな》み、佐七は文字が読めぬ口である。

「まあ、知っていても知らなくても、どちらでもいいが。三年堂の主人の八衛門さんが昨日何者かに……」

殺されたというのが、語りのはじまりであった。

その後、藤十と喜三郎が交互に事件のあらましを語った。

「寺社奉行所が絡んでおるのですね？」

話を大まか聞き終え、こちらにお鉢《はち》が回って来たのだと、美鈴と佐七は解釈をした。

「ええ、ですからこれは町方の手に負えぬものと……」

喜三郎が一言添える。

「それにしても、奇妙な話でやすねえ」

佐七が首を傾げながら言った。

「心の臓の発作に見せかけるなんて、手の込んだことを」

「それはな、佐七。もし、かかわったのが俺たちでなかったら、このことを事件としてとらえる者などいやしねえと思う。八衛門さんは病の死でもって処理されて、誰も疑いなんてもたねえだろうな。ああ、不合理でも寺社奉行所が絡んでたらどうしようもねえ。そうだろ、いかりや？」

「ああ……」

顎に手をあてて、喜三郎は首を縦に振った。

「本来ならばこれで有耶無耶《うやむや》になるだろうが、俺が遺体を見ちまった。となると、殺した奴をとっ捕まえてやらねえと、世話になった八衛門さんが成仏しねえ。それで死因だが、心の臓の発作とは明らかに違う。いかりやが言っている胸にあった傷というのは、秘経を突いたものだろうな」

「ああ、八衛門さんの遺体を調べているとき、そんなことを言ってたな。それで、秘経ってのはどういうものだ？」

喜三郎も興の乗るところであった。ひと膝乗り出し、耳を傾けた。

「人の体ってのには百数十箇所の経穴、いわゆる壺ってのがあってな……」

藤十は、壺の薀蓄《うんちく》を語りはじめた。

「人のもつ六臓六腑に応じて、肺経、胃経、大腸経……」

「そんな細かなことを聞いたって、俺たちにゃ分かりはしねえから話を略してくれねえか」

喜三郎が言い、佐七などは欠伸《あくび》を堪えているようにも見える。

「うん、それが『正経十二経』って言うんだがな、その経路を結んでいるのが経穴というやつなんだだな。経穴というのは、平たく言えば壺のことだ」

「そこを踏んで刺激を与え、病を治すのが藤十さんのお仕事なんですね」

「ああ、そういうことだ。なんなら美鈴も踏んでやろうか？」

「いや、けっこうです。別に悪いところはございませんから」

えっへんと、目の前で喜三郎が咳払いをする。余計なことはいいからとの、態度を示した。

「だが、その反対に人の体にはよからぬ壺もある。それを俺たちは、秘経とも陰経とも呼ぶがな。その壺を刺激するだけで、人を死に至らしめることもできるという個所だ」

「ということは、八衛門さんもその秘経を突かれたってことか？」

「ああ、心の臓の脇にある秘経を突いたのだろう。そこを一突きして得物を刺しっぱなしにしとけば、血がほとんど出なかったのもうなずける」

藤十と喜三郎のやり取りがつづく。

「その秘経ってのは、刃先一寸の彫り刀で届くのか？」

「いや、それは無理だろう。俺は元の傷口は見てないが、おそらく得物は先の尖《とが》ったかなり鋭いものとみた。少なくも二寸ほどの長さが必要となるな」

喜三郎は、箸《はし》の中ほどのところをもって示した。

「……このぐれえか？」

そして、胸の脇にあてる。

「それだけあれば、秘経までは充分届くだろう」

藤十が、喜三郎が示す箸の長さを見ながら言った。

「だが、彫刻刀の中にも、そんなものがあるのを見たことがある。これが得物というのも無視はできない」

「だけど、彫刻刀じゃ刃先が一寸しかねえんだろ？」

喜三郎の疑問については、藤十も同様に首を捻るところだ。彫刻刀というのは、あくまでも藤十の第一感である。

「もしそんなもんが得物でありやしたら、すぐに下手人は知れるのでは……？」

話を黙って聞いていた佐七が、口を挟んだ。

「いや、そんな簡単ではなさそうだ。なんせ、寺社奉行所が絡んでいそうだからな」

藤十が、佐七の問いにかえしたところで襖の外から声がかかった。

「料理の用意ができましたが……」

「いいから運んでくれ」

お京の声に、喜三郎が返した。

やはりこの日も、大皿の上には刺身が載っている。

藤十の目は、盛り合わせの一点に向いた。

「これは鯵《あじ》ですよねえ？」

「ええ、鯵のお造りですが……」

藤十の問いに、お京が答える。三枚におろされた鯵は、身は細かく叩かれ、頭から尻尾までの骨身は竹串を通され、波打つ形となっていた。

「……鉄の串なら」

ふと藤十は鯵の骨身を見て思い至ったが、すぐに考えを改めることにした。

「長すぎて駄目か」

血を噴き出させないためにも、刺し箇所に得物を埋め込んでおく必要がある。

そう思った、藤十は得物のことから頭を切り替えることにした。

八衛門が何でもって殺されたかについては今後調べていくことにして、まずは下手人のつきとめであった。

七

八衛門殺しに手をくだした下手人もそうだが、分からないのは寺社奉行所の出方である。

四人の話題は、寺社奉行所のほうに移った。

お造りは、ぜんぜん減りを見せていない。それだけ四人は話に夢中になっていた。

「傷《いた》んじまうから、食べながら話をしようや」

言って喜三郎は、鯵のたたきに箸をつけた。

四方から、大皿に盛られた刺身に箸が繰り出される。そして、口に運ぶが誰も「旨《うま》い」とは言わない。それだけ四人の頭の中は、この事件に没頭していたのである。寺社奉行所の役人が、どうして八衛門の遺体を引き取ったか。そして、傷口を修正して遺族に返却をした。このあたりが当面の、話の筋となった。

「……分からねえ」

喜三郎の呟きが、この場にいるほかの三人を代弁している。

四人して腕を組んで考える。箸が卓上に置かれたことで、刺身の減りはそこで一旦止まった。

「どうにも分からないな」

喜三郎と藤十で分からないものが、寺社奉行所の存在すら知らなかった佐七に、尚《なお》更《さら》分かろうはずがない。

「食わねえのなら、あっしが……」

佐七は組んでいる腕を解き、箸を手にもっと残る刺身に手をつけはじめた。ほかの三人は、佐七のその様を黙って見ていた。

一日中力仕事をしてきた佐七が、空腹なのはうなずける。

「佐七、みんな食ってもいいぞ」

藤十は、言いながらも考えている。

八衛門と寺社奉行所の接点は、富札の依頼でしかない。

無理やり請け負わされて、八衛門は相当に気が滅入っていた。それを聞いたのは、まだ昨日のことである。

「嫌がっていたからなあ……」

藤十は、踏孔療治が済んだあとにその悩みを直接八衛門の口から聞いた。

「嫌がっていたって、富札の刷りを押しつけられたってことか？」

すでに、そのとき八衛門と語った内容は大まかではあるも三人には話してある。

「ああ、そうだ」

「そんなに嫌がってたってのかい？」

「三年堂が潰れてしまうかもしれないとまでな」

「潰れる……どうしてだい。でかい仕事だってのに」

「三年堂の職人だけでは到底やりきれないと……」

藤十と喜三郎の会話が進む。佐七はあらかた刺身を食いつくし、大根などのつまにまでも手を出している。

「ちょっと待ってください、碇谷様に藤十どの……」

二人の話を黙って聞いていた美鈴が、口を挟んだ。

「どうした、美鈴……？」

「木版彫りの職人というのは、三年堂さんだけにいるものではないでしょう……」

「美鈴、何が言いたいのだ？」

「ちょっと黙っててくれますか、藤十どの。人が話をしているというのに」

「すまねえ」

美鈴と藤十のやり取りに、喜三郎は怪訝な目を向ける。どうも、従兄妹同士という感じではないし、かといって男女の恋仲という風でもない。

喜三郎の、そんな心持ちに気づくことなく、美鈴はつづきを話す。

「商いには商売敵《がたき》というのがつきものでしょう。もしや、三年堂さんに敵対する版元が、富札を受注したことをやっかんだということもありうるのでは……」

なかろうかと、美鈴は商売敵の版元も洗う必要があると説いた。

「なるほどなあ」

藤十は、美鈴の視点に感心する思いとなった。

「そんなことぐらいは、どなたでも思いつくことではないでしょうか」

言われてみればそのとおりである。ただ、そこに藤十と喜三郎の思いが至らなかったのは、実際に三年堂の職人たちと会ったことで、身内の者と思い込んでしまったところにあった。

「三年堂と同等か、それよりも大手の版元ってところだな」

喜三郎は、ここは自分が探るつもりで言った。

「いや、同等のところは外していいのでは。むしろ、そんな仕事が舞い込んだら、八衛門さんと同じ心境になるのじゃないかな。三年堂さんにお鉢《はち》が回り、かえって喜んでいるのではなかろうか」

藤十は言いながら考えていた。

――二千万枚。それも百万枚単位で、みな番号が違うもの。

八衛門は、大手の版元でも今の江戸で、それを請け負えるところはないと言っていた。となれば、どこも尻込みをしてしまうのではないかと。そうなれば、美鈴の考えとは違うところに行き着く。だが、とてつもなく大きな金が動くのもたしかだし、これに食指を動かす者が必ずいるはずだ。

――となればやはり、利権か。

藤十は、八衛門殺しのうしろに、大きな黒い影を感じた。そのあたりで、大手が絡むとも思った。

「美鈴の言うとおり、大手の同業者には、中堅である三年堂に仕事をもっていかれるのが悔しかったところもあるんじゃないだろうか。そんなんで……」

八衛門殺しの動機には充分なると、藤十は美鈴の案に賛同した。

「同業者ってか？　分かった、ともかく三年堂より大きい版元も探ってみよう」

喜三郎は、浮世絵から絵草子、黄表紙、滑稽本まで、なんでも扱う大手の版元を洗うことにする。

「江戸に版元ってのは、何軒ぐらいあるんだろうな？」

「そいつを調べるのも、町奉行所の仕事だろ。素人の俺たちに訊いたって知るわけねえよ。ただ、大手だけをみれば、さほど多くはないと思うが」

「やはり下手人は、同業の者かもしれないってことですかね？」

「いや、あくまでも勘どころだからまだなんとも言えない」

美鈴に答えながら、藤十の顔は喜三郎に向いた。

「明日、喜三郎の旦那がどこかの版元を回ってくれれば、何か分かるだろう」

「ああ、任しといてくれ」

喜三郎が胸を叩いて、ようやく一つ進む道のきっかけがつかめたようだ。

「あっしは何をしたらよろしいでしょうか？」

「佐七は今のところ何もねえな。もう少し何かつかめたら、動いてもらうことにする。それまで植松でしっかり働いててくれ」

藤十の答えに、佐七は露骨に嫌そうな顔を見せた。佐七にすれば植木屋の仕事より、はるかに探索のほうが楽しい。そんな思いの出た表情であった。

この日四人が寄り合って、決まったことは喜三郎がほかの版元をあたるという、たったこれ一つだけであった。

八衛門の死因が病の上からとされた以上は、下手な動きはできない。藤十は、この事件にも、目に見えない大きな力が作用しているものと取っている。

藤十は、無性に父親である老中板倉勝清に会いたくなった。すると、この先は喜三郎と佐七の耳には触れさせたくないところである。

「それじゃあ、いかりやに頼むとして……」

言ったところで、宵《よい》五ツを報せる鐘が早打ちで三つ捨て鐘を鳴らした。本撞きの前に、刻を報せる鐘であることを示すのが捨て鐘である。

「今日のところは、このへんにしておくか」

明日暮六ツ、藤十の宿で喜三郎の報告を聞くことにして、この日はお開きとなった。

鹿の屋を出ると同時に、小犬のみはりが「わん」とひと吠えして近づいてきた。佐七が面倒を見ている犬である。

「俺は美鈴を送ってくるから、佐七とみはりは先に帰ってくれ」

喜三郎は、八丁堀の役宅に帰るのが億劫《おっくう》だからと、鹿の屋に泊まることにしている。

「へい、それじゃ美鈴さんお休みなすって……」

「佐七さんも、お疲れさま」

鹿の屋の前で、右と左に分かれることになった。

十歩も歩いて、さっそく藤十は切り出した。

「なあ、美鈴。親父様に会って話をしようかと思ってんだ」

美鈴だけにしか、相談できないことを藤十はもち出した。

富籤の件で、一度勝清を訪ねてみたかったが、余計な詮索をしないほうがいいと母親のお志摩にも止められそれまでになっていた。

しかし、ここは富籤絡みで人が一人死んでいる。いや、殺されているのだ。

見過ごすわけにもいかないと、四人は動くことになったのだが、そこには寺社奉行所という、大きな壁が立ちふさがっている。

「親父様の力を借りたい……」

居待ち月のもとで、歩きながらでの会話であった。

「ですが兄上。お父上は老中、幕閣に身を置くお方です。このたびの富籤も、御老中様や若年寄様たちが寄り合って決めたことと思われます。父上に話すにも、そこのところを踏まえて慎重にいたしたほうがよろしいかと」

「うん、分かっているさ。だが、黙っているわけにもいかないだろう？　なんせ、寺社奉行所絡みで人が殺されているのだ。それと、やはり頼りない俺の勘だが……」

頼りないと、自らを卑下《ひげ》して言ったところで美鈴の顔に笑みがこぼれた。

「どんな勘でございましょう？」

「親父様の性格では、おそらくこのたびの富籤政策には反対しているのではないかと思う」

「えっ？」

「だが、多勢に無勢ということもあり……。それはともかく、いつも親父様が言ってるのだが、黒幕というのがいてな」

「それは、先だってわたくしも聞きました」

「おそらく、その黒幕というのが富籤政策の根本にかかわっているものと俺は思う。だが、その黒幕が誰というのは、親父様もいっさい名を口にしない。はっきりとした証しがない以上、つき止めることは困難だからだ。親父様は、黒幕を暴くことを余命の糧《かて》にしているのはたしかだ。しかも、今回の富籤にはかなりの利権が絡んでいるのが見え見えだし」

藤十の言い分に、美鈴は大きくうなずきを見せた。月明かりが地面に薄く影をつくる。美鈴の後ろ髪に垂れる髷が揺れるのを、藤十は地面の影を見て知った。

「明日、父上に会うことになっているのです。以前見せた刀の件で、暮七ツ半に……」

「そうか。だったら、俺が会いたいって言ってたと伝えてくれないか？」

「でしたら、明日ご一緒に……」

「いや、喜三郎と佐七に約束してしまった。それと、今考えたのだが、会うのはもう少しいろいろなことが分かってからにしたほうがいいかもしれない」

喜三郎のもたらす話によって、事件への取り組み方は変化をもたらす。きちんとした方向が見えてから、勝清の助言を得ようとの考えに藤十は至った。

「もうこちらで、けっこうです」

美鈴を伝馬町《てんまちょう》の囚獄近くまで送り、住吉町に引き返す途中であった。

突然、もの陰から三人の男が出てきて、藤十を取り囲んだ。月明かりに見える影は、みな頭巾を被り顔の判別を難しくさせようとしている。形は、腰に二本を差したどこかの家臣にも見受けられる。

「何か俺に用事があるのか？」

「…………」

しかし、相手は無言であった。そして、声を発することなく段平《だんびら》を抜いた。

藤十には、刺客に襲われる理由《わけ》が思いつかない。あえて上げるとすれば、今探っている寺社奉行所にかかわることでしかない。

だが、それもここでは半信半疑であった。

とりあえず、ここでは降りかかる火の粉を振り払わねばならぬ。

藤十は、担いだ足力杖の一本を、建物に立てかけ、もう一本を正眼に構えた。脇あてを右手で握り、三寸下の取っ手に左手を添える。鉄鐺《てつこじり》の先端を相手に向ければ『松葉八双流』の、正眼の構えである。

さて、相手は何が目的かと、藤十が考えていたところで、一太刀が襲ってきた。瞬時に藤十は足力杖を払い、相手の刀を振り払った。

夜のしじまに、カキーンと刀身が弾かれる音が鳴り渡った。

「おうい、斬り合いだぜ」

金物の鳴る音を聞いたか、夜更かしをしていた町人が数人駆けつけてきた。

引き上げようと、無言で侍の一人がほかの二人に首を振って合図を送ると、刺客の三人は脱兎のごとく駆け出して行った。

藤十は、残念にも思っていた。一人を捕らえ、何が狙いかを訊き出すことができなかったからだ。

「おう、怪我はなかったかい？」

「ええ、おかげで助かりました」

近づいてきた町人たちに、藤十は頭を下げて、礼を言った。

第三章　下屋敷の普請

一

翌日の夕――。

人払いをさせた御座の間で、老中板倉勝清と美鈴が三尺の間を置いて向かい合って座っている。

美鈴から、八衛門殺しの経緯を聞いて、勝清の顔が渋みをもった。

「とうとう、犠牲者が出たか……」

齢《よわい》六十八の老体は矍鑠《かくしやく》としているものの、このときばかりは猫背となって、瞑《ひし》ぐ姿となった。

「とうとうと申されまするには、父上は何か……？」

覚えがあるのですかと、美鈴は勝清の目が開くのを待って訊いた。

「うむ……」

と言っただけで、問いには答えずにいる。

腕を組み、天井の長押《なげし》あたりに目を据えて考える姿は、やはり親子であると美鈴は
勝清の姿態を見て思った。藤十も考えるとき、同じ仕草をする。ここで、勝清の口が
あんぐりと開けば、何かが閃《ひらめ》いたことになるのだろう。

美鈴が、そんなことを考えていたとき、勝清の口があんぐりと開いた。

「おやっ」

あまりの符合に、美鈴が驚く顔を見せた。

「ん、何をそんなに驚いておる？」

「いえ、なんでもございません」

言って美鈴は、小さく首を横に振った。

「ところで美鈴……」

「はい、何か？」

「藤十と話がしたいが、伝えてくれぬか？」

勝清の考えは、とりあえず藤十と会いたいということであった。

「はい、兄上もお会いしたいと申しておりました」

「そうか、ならばさっそく……」

「はい、ですが兄上が申されるには、もう少し調べが進んでからのほうがよろしいかと」

「なるほど。それで、いつごろになる?」

「今夜、碇谷様という南町奉行所同心のお方がある報せをもたらしてまいります。それを踏まえて今後の動きが決まるものかと……」

「左様か。ならばそれまで待つとするか」

「はい。近々には……」

うんと言ってうなずく勝清の姿に、美鈴は老中の重責を思いやった。

七十歳にも近い老体の肩に、この国の行く末が委ねられているのだ。干支《えと》が一回りほど若い、同じ老中である田沼意次《たぬまおきつぐ》と、意見がそぐわぬこともあろう。

そんな憐憫《れんびん》の情を美鈴が抱いていたところに、勝清から声がかかった。

「ところで、美鈴……」

「あっ、はい……」

「どうした、ぼんやりとしおって。何を考えていた?」

「父上のお仕事は、たいへんでしょうなと思いまして」

「なんだ、そんなことか」

あははと、声を立てて笑う姿に、まだ老いはせぬぞとの気負いがあった。

「先ほど美鈴が、とうとう云々《うんぬん》と訊いたであろう？」

「はい。とうとうと申されたのは、何か含みがあるものと」

「それは、藤十と会ったときに話すとしよう。そのときは、美鈴も同席するのであるぞ」

「はっ、かしこまってござりまする」

小袖に袴の男衣装にそぐう言葉で、美鈴は勝清に返した。

「わしはこのところ夕七ツには下城しておるから、その刻を過ぎたらいつでも来るがよいぞ。ああ、前もって報せることもあるまい」

「左様に、兄上には伝えておきます」

美鈴が拝礼をし、勝清の御座の間を辞したのは暮六ツの鐘が鳴る少し前のことであった。

「……この刻ならば、行っても間に合うかも」

板倉家の上屋敷を出てから、美鈴は独りごちた。

そのころ藤十の宿《やさ》では、調査を済ませた喜三郎と、仕事から戻った佐七が狭い部屋の中で三角の形となって座っていた。

三和土《たたき》では、小犬のみはりが所在なさそうに寝転んでいる。

「どうだった？　いかりや……」

三人がそろった早々、藤十が訊いた。

富札の刷りを請け負うのを拒むかどうかを、大手といわれる版元に聞き込むのが、喜三郎のこの日の仕事であった。

「ああ、大手というのは四軒あってな、その内の一軒である『明光堂《めいこうどう》』というところに行ったんだが」

「それで……？」

「浅次郎《あさじろう》っていう主の話なんだが、富籤の話はもち込まれてねえっていうんだな。しかも、ほかのところにも話が行ってねえってことだ」

「話がねえってか？　そいつはおかしいな……」

とてつもない大事業に、大手の業者を絡ませないのは解せない。本来ならば、入札という形でもって、請け負い業者を決めるのだろうが——。

「大手には、目もくれないで直《じか》に中堅である三年堂に話をもち込んだってのか？」

「どうやらそうらしいな。三、四日前に大手四業者の寄り合いがあって、そんな話に触れたのだが、みなどこも喜んでいたらしいぜ」

「喜んでいた？」

喜三郎の、意外な聞き込みに藤十は眉間に皺を寄せた。

「ああ、あんな厄介を引き受けないでよかったと……」

「それにしても、大手を相手にせず、なんで三年堂さんだけにそんな厄介な仕事をもち込んだのだ？　本当に色出しの技術だけなのか」

藤十は首を捻って考えるものの、とても寺社奉行所の考えにおよぶものではなかった。

「それでな、明光堂の主浅次郎さんの目が虚《うつ》ろになっていたぜ。八衛門さんが亡くなって、お鉢が回って来るのではないかと」

喜三郎が、聞きこんできたときの様を言う。

「やはり、そうなると……」

藤十が言ったところで、佐七が口を挟んだ。

「ちょっと待ってくだせえよ。三年堂の奉公人でしたら、主を殺すこともあるかもしれやせんぜ」

「なんだと?」

喜三郎が、眉間に縦皺を一本作ると、目を剝いて佐七を睨んだ。

「奉公人だと? いったいどういうことだ、佐七」

藤十は、自分が今しがた思っていたことと、同じ考えを言った佐七の話を聞いてみることにした。

「それはでやすね……」

佐七の語りがはじまろうとしたところで、みはりが「わん」と一声吠えた。同時にガタガタと音を鳴らして腰高障子の開く音がする。

「おや、美鈴どの」

うしろを振り向いた喜三郎が、美鈴の姿を認め口にした。

「今日は、用事があるとかで来られないと……」

「ええ、早く済みましたので。それと、碇谷様の話も気になりますし」

美鈴がどこに行ったかを知っているだけに、藤十は黙っている。

ここは、佐七の話を先に聞きたいところだ。

「佐七、それで……?」

どうしたと訊きたくも、喜三郎の口が遮る。

「いや、藤十。先に美鈴どのにも成り行きを話しておいたほうがいいだろう」

「そうだな……」

佐七の話は、美鈴の来訪に阻《はば》まれ、しばしのお預けとなった。

四人が丸くなって座り、昨夜の寄り合いのつづきとなった。

「それでですな、美鈴どの……」

喜三郎が、明光堂の主浅次郎から聞き込んだ話を美鈴に聞かせた。そして、佐七の話が途中になっていることまでを言って、美鈴への説明は終わった。

「三年堂の奉公人でしたら、それもあるかもしれやせんって言いやしたんですが」

「それと言いますのは？」

美鈴から佐七への問いであった。ようやく佐七の話が聞けると、藤十は幾分膝を繰り出す。

「今日の夕刻、植松の親方が職人みんなを集めやして言われたことでやすが、何かとんでもねえ仕事を請け負っちまったみてえでして。あるお大名の下屋敷とはまでは言いやしたが、どことまではまだ……」

とんでもねえ仕事と言ったところで、藤十は富札とのかかわりを感じた。

「およそ五千坪ある下屋敷の半分ほどが庭園なんですが、それを十日以内ですべて造り替えろっていう話でさあ。二千五百坪もある庭の植木から庭石をどかし、そこを整地して何か建物を建てるらしいんで。そんな大普請を十日じゃ無理だってのが、職人大方の意見でありやして……」

そんなのは無理だと、植松の親方に向けて諫言《かんげん》した者がいた。それには、親方が烈火《れっか》のごとく怒り出したと佐七は言う。

そのとき、職人一人の呟きが佐七の耳に入った。

「その小さな声ってのは『……しょうがねえ親方だな。殺してやりてえぐれえだ』って。聞こえたのはそこまででしたが、冗談とはいえ聞き捨てならねえ言葉でありやした。そのときあっしは、八衛門さんていう主を殺ったのは、三年堂の奉公人ではねえかと思った次第でありやして」

普段口数の少ない佐七にしては、長い語りであった。

「ふうん、なるほどなあ。厳しい仕事から逃れるために、主を殺したってか。しかし、そんなことぐれえで、主を殺す奴なんているのかね？」

ある意味得心はするも、喜三郎にはとうてい信じられる話ではなかった。

「ただ、仕事がつらいだけでしたら、辞めると言えば済むことでしょう？　主を殺すまでの動機にはならないと思いますが」

美鈴も、喜三郎の見方につき合う。

「いや、分からねえぞ。そんなところにきて、何かほかの事由が重なればありうることかもしれない。ちょっと当たってみてもいいんじゃねえかな」

仕事がつらくなるぐらいで、主を殺すなどとは藤十も思ってないが、ほかの事由があれば充分ありうることだし、過去にも同じような主殺しの例はたくさんある。

「そこに寺社奉行所でも絡んでいたとしたら……」

「やはり、そっちの筋になるかい」

喜三郎の返しに、藤十は小さくうなずくと顔を佐七に向けた。

「そういえば佐七、その植松の仕事ってのはいつごろからだ？」

藤十は、佐七が動けるかどうかを案じた。その仕事が動き出せば、当然佐七はそっちに食われることになるだろうと。

「へえ、それが明日からだそうで」

「なんだ、明日からか。忙しくなるな」

先ほどから浮かぬ顔をしていた佐七のわけは、これであったかと藤十は得心する思いとなった。

当分の間、佐七にはこちらの探索はさせられぬと、藤十はその分を自らが動くことにした。

「それじゃあ、仕方ねえよなあ。植松の親方だって、猫の手も借りたいぐらいだろうから」

佐七は、自分の腕が猫と同様と聞こえて顔に曇りをもった。

「そうだ、明日は八衛門さんの弔いだって言ってたな。俺も列席して、そのついでに職人の様子を探って来るわ」

「そいつはいいやな。俺も行きてえけど、朱房の十手を振り回してちゃあ相手も引っ込んじまうだろうよ。警戒されずに探れるのは、藤十しかいねえ。ところでおめえ、紋付き袴は……」

もっているのかと、喜三郎が心配をする。

「いや、そんなものはねえさ。俺はどこに行くも、恰好《かっこう》はおんなじだ」

藤十が着替えて行くところは一軒だけある。そこは、喜三郎にも佐七にも打ち明けられるところではなかった。ゆえに、あえて藤十は方便を言った。

「俺のを貸そうか？」

「いや、かまわねえでくれ。人を弔うのは恰好なんかじゃねえ、気持ちってものが大事だ。香典《こうでん》を一両も包めば、八衛門さんだってだらしねえ恰好を許してくれるだろうさ。それに、一軒ばかし按摩で寄るところがある」

藤十は、足力杖を担ぎいつもの黄色を濃くした櫨染《はじぞめ》色の袷を着て行くという。弔いにはそぐわない派手さがあった。

「あの派手なのをですか？」

壁に吊るしてある、藤十の普段着を見て美鈴が目を凝《こ》らした。

「ああ、そうだ。だが、坊主の袈裟《けさ》よりか地味だと思うがな」

藤十の一言で、この話題から話が逸れることになった。

「腑に落ちねえのは、寺社奉行所がなんで遺体に小細工《こざいく》をしたかだな？」

喜三郎が、腕を組んで考える。

「それとだ、寺社奉行ってのはたしか四人ほどいるって聞いたが、いったいどなたの配下なんだ？」

藤十が、喜三郎に合わせて腕を組んだ。

「寺社奉行のほうは、あと回しでもよろしいかと思われますが……」

美鈴が、これは勝清に相談をもちかけたほうがよいとの思いで口に出した。

「そうですな。下手にそっちのほうをつっつくと、あまりにも危ねえ。何せ、寺社奉行ってのはお大名だからな」

喜三郎は、美鈴の真意も知らずに調子を合わせた。

「ところで、昨日の夜美鈴を送った帰りに……」

藤十は、刺客から襲われた顚末《てんまつ》を話した。

「そんなことがあったのか。それは、寺社奉行所の手の者か？」

喜三郎が、顎に手をあてて訊いた。

「いや、なんとも言えない。ずっと、黙っていたからな。まっ、何ごともなかったからいいとして、これからは充分注意しろとの教えと、俺は取った」

何ごとも前向きに取る、藤十であった。

「そんなんで、いろいろと腑に落ちないこともあるが、ここはゆっくりと……」

調べようではないかと、藤十はみなの注意を促して言った。

「それじゃあ、今日はこんなところとするかい？」

この先の話は、三年堂と寺社奉行所のことに絞られる。三年堂の探索は藤十に任せるとしてこの日はお開きとなった。

真相は闇に包まれたまま、この日も夜の帳《とばり》が下りた。宵五ツの鐘が、そろそろ鳴るころである。

「さて、俺は昨日鹿の屋に泊まったから、今夜は八丁堀だ。おそらくかみさんが角を出してることだろうぜ」

「だったら早く帰ってやったほうがいいぜ」

「そうだいなあ」

言って喜三郎は腰を上げると、脇に置いてあった一竿子《いっかんし》の大刀を腰におびた。

「俺は美鈴を途中まで送ってくる。昨日のこともあったからな」

三人は、左兵衛長屋の木戸を出ると、喜三郎は江戸橋を渡るため西に道を取り、藤十と美鈴は紺屋町に向かう、北に道を取った。

女房が怖いのか、喜三郎は幾分速足となっている。半分ほど欠けた月が、うっすらと喜三郎の背中を照らし、そしてその姿は闇の中へと消えていった。

「お父上の話ですが……」

藤十と二人きりになったときだけに、できる会話である。

異なる母をもつ二人は、同じ父の遺伝子を宿す兄と妹であった。

美鈴は、藤十と並んで歩きはじめると、さっそく切り出した。

「八衛門さんのことは、おおよそお話ししておきました」

「そうか。それで親父様は、なんて言ってた？」

「とうとう、犠牲者が出たかと……」

「とうとうと言っていたか。なんか含みのある言葉だな」

深刻な話ができるほど、ゆっくりと歩く。

「はい、わたくしもそのことについて、お訊きしました」

「そしたら……？」

「そうしましたら、兄上に会って話をするとのことでございました。夕七ツ過ぎには戻っているからいつでも来ていいと」

二人のときは、美鈴は藤十を兄上と呼ぶ。

「そうか、いつでもと……だったら早いに越したことはない。明日は弔いと按摩があるから、あさってだな。美鈴はだいじょうぶか？」

「はい、いつでもこちらを優先します。もう、とっぷりと兄上の悪党狩りに浸《つ》かっておりますから」

「今度の事件は厄介なことになるかも知れないが、よろしく頼むぜ美鈴」

「はい、分かっておりますとも兄上」

「だったら、もう少し先まで送ろうか……」

伝馬町の牢屋敷の脇を通り、八町堀川を渡ったところであった。

「あと、二町ほどのところですから……」

「それではまたな」

あらかた打ち合わせもできた。美鈴の剣の腕ならば、ならず者に難癖をつけられてもどうということはない。

「気をつけて行けよ」

「兄上も……」

美鈴が住む誠真館まではあと二町ほどを残して、二人は別れることにした。

そして一町ほど歩き、美鈴が塩町《しおまち》の稲荷神社の前まで来たときであった。

人の通りはまったくない、宵五ツを回った刻である。

狐をかたどった門柱の陰から、いきなり四人の男が美鈴の行く手を阻むように飛び出してきた。

「はて、何者……？」

「おや？　男の形をしてるけど、女の声だな。こいつは都合がいいや」

四人が美鈴の周りを取り囲む。

先だって、神田橋御門近くの馬場の前で、四人の男たちに金をせびられたことを美鈴は思い出した。あのときは六助が一緒であった。

よくよくこの手の無頼《ぶらい》に声をかけられるものだと、美鈴は月が照らす薄明りの中で苦笑いを浮かべた。

四人を見ると、みな十七、八の若い侍の姿であった。おそらく旗本、御家人の倅《せがれ》のごく潰したちであろう。家督を継げない鬱憤《うっぷん》を、こんなところで晴らす木偶《でく》の坊の輩たちであった。

「わたしを取り囲んだりして、何か用か？」

「少々手元が要るので、用立ててしてもらいたいんだが」

四人のうちの一人が、半歩前に足を繰り出し掌《てのひら》を上に差し出した。

「なんだ、その手は？」

「この手の上に、銭ではなく金を載せてもらおうと思ってな」

「気の利く台詞を吐くものだのう。若いくせして……」

「なんだと！」

美鈴の背中から、一人がいきりたって大きな声を発した。

「おい、富田。でかい声を出すんじゃねえ」

手をぶらぶらとさせている男が、小声でたしなめる。

「貸すのはやぶさかではないが、何に使うか分からなければ、おいそれと見知らぬ人には金は貸せないだろうが」

美鈴は、男言葉で応対する。

「それと、返してもらえるのか？」

「ああ、一万両当たったら……」

「なんだと、富札を買うのに使う金ってことか？」

「百倍にして返してやらあ」

あと半年先もの話でこれほどまで舞い上がっている。こんな輩が、江戸中にごろごろ出てくるのだろうと思ったら、美鈴はうんざりする心持ちとなった。

「いや、富籤なんかでは貸せぬな」

「ああ、もとより借りようなんて思っちゃいねえさ。痛い思いをしたくなかったら、さっさとこの上に大枚を置いていくんだな」

若い男の掌の上に、美鈴はペッと唾を吐きかけた。

「うわ、汚《きたね》えなこの野郎」

「汚いのはどちらだ。四人でもって……」

「うるせい。しょうがねえ、やっちまえ」

四人を仕切る男が、三人をけしかけた。

ガシャリと茎《なかご》の鳴る音がして、四人の腰から大刀が抜かれる。


寝待月の薄明りの中に、四本の刃が立った。

美鈴は『真義夢想流』の流儀にのっとり、ゆっくりと刀を抜いた。極意は無心一刀《むしんいっとう》である。舞でも見るような、剣捌《さば》きに定評のある流派であった。

美鈴は下段に構えて、刀を裏返した。こんなところで殺生《せっしょう》はならぬと、棟《みね》で打つ構えを取る。

美鈴ほどの技量となれば、相手の構えだけを見て、その力量というものが知れる。

逆に若侍四人は、美鈴の構えを見て腰が引けている。相手のすきのなさぐらいは分かるのであろう。

「いかがした？　どこからでもいいからかかってまいれ」

攻撃を促しても、相手四人は切先を天に向けて揺らすだけである。

「……仕方がない」

相手を待っていても、打ち込んでくる気配がない。美鈴は、道場から一町手前のところで難癖をつけられている。

「早く帰って寝たいから、こちらからまいるぞ」

こういう場合、四人を相手にしても仕方がない。

美鈴は、ほかの三人を仕切る男だけに狙いを向けた。手に唾をひっかけた男さえを痛めれば、余計な太刀を振るわなくても済むと。

「とうっ」

半歩踏み出しかけ声一撃、美鈴は下段から逆袈裟に打って出た。

ふいを突かれた男は、美鈴の棟打ちを体を反らしてかわしたまではよかった。しかし、よけるに勢いがつき、そのまま腰砕けとなって尻餅をついてしまう。美鈴はひっくり返った若侍に、弐《に》の太刀を浴びせた。

刀の棟が左の腕《かいな》を打つ。太い上腕骨がベキッと鈍い音を鳴らした。

若侍は、あまりの激痛で地べたにもんどりうつ。

「おぬしは右利きだろうから、左腕に棟を当てた。しばらくは、その腕も使えず不便だろうが、悪さをした戒《いまし》めだと思え」

金を載せろとぶらぶらさせたのは、右手であった。美鈴は利き腕である右手を残してやった。

ほかの三人は美鈴の太刀筋を見て、怯《おび》えきっている。抗《あらが》う意志はすでになかった。

「その男の養生《ようじょう》をしてあげなされ」

美鈴は一言残すと、うしろを振り返ることもなく去っていく。

「時任さん、しっかりしろ」

腕を打たれた若侍を、励ます声が闇の中から美鈴の背中に届いた。

三

翌日の昼。

藤十は、日本橋平松町にある三年堂の、八衛門の葬儀に参列していた。

黒紋付き袴の参拝客の中にあって、櫨染の袷はやはり異様であった。しかし藤十は頓着なく、一両の香典を供えた。

白布の被せられた早桶に向かい、念仏を三遍唱えて合掌をする。

「……八衛門さんをこんな風にしたのは誰なのですか？　きっととっ捕まえてやりますから成仏してください」

もぞもぞと、仏になった八衛門だけに届く声で藤十は誓いを立てた。

「いったいどなたなんでしょうねえ、こんな席にあんな派手な恰好で来るなんて」

「まったく、親の顔が見たいものですなあ」

焼香をする藤十の耳に、そんなひそひそ話が聞こえてきた。

父親が、ときの老中であると知ったらおそらく腰を抜かすであろう。

弔いを済ませた藤十は、これみよがしに足力杖を担ぎ堂々とした態度で葬儀場をあとにする。そして、住まいの隣に立つ工房へと足を向けた。

いつもなら、ここで職人たちが働いているのだろうが、この日に限ってはさすがに誰もいないとみえる。

工房の遣戸《やりど》を開けようと、取っ手に指をかけたところでうしろから声がかかった。

「藤十さんですか？」

振り向くと、見覚えのある顔であった。

「あっ、仙吉さんと言いましたよね」

藤十の背中に声をかけたのは、若い彫師である仙吉であった。

「左様です」

この日はいつもの印半纏ではなく、黒い祭礼用のものを着込んでいる。

――こんな若い者も着ているんだ。俺も一つは用意しておかないといけないな。

そんなことを思いつつ、藤十は仙吉と向き合った。

「ところで藤十さん、こんなところで何をしているんです？」

「いや、工房を見させてもらおうと思って。版元の仕事場ってのはあまり見たことがないから」

そうではない。藤十は仙吉に向けて方便を言った。以前八衛門の案内で二、三度はのぞいたことがある。もっともそのときは、職人の邪魔をしてはまずいと三和土からであったが。

「そうでしたか」

一心不乱で版木を彫る仙吉には、そのときの藤十の姿は目に入らなかったであろう。

「版木ってのは、どんなもので彫るんですか」

工房の内部を見てみたい。

こんな機会はめったに訪れぬ。機嫌を損《そこ》ねぬようにと、藤十は年下でも丁寧な言葉で接した。

「いつもなら忙しくてお相手することもできませんが、今日は特別です。どうぞ、こちらに」

仙吉は、工房の遣戸を開けて中に入った。藤十もつづいて入る。

「戸を閉めておいてください」

言われたとおり遣戸を閉めると、工房の中は暗くなった。

仙吉は、百目蠟燭《ろうそく》の一本に火を灯した。工房の、いたるところに百目蠟燭の燭台《しょくだい》が立っている。いつもなら、すべての蠟燭に火が灯され部屋の中は、昼間のように明るくなるのだろう。

百目蠟燭一本でも、かなり明るい。そのもとで、仙吉は道具箱を開けた。

おびただしい数の、版木彫りの道具が入っている。彫刻刀といわれるものであった。

喜三郎が、役目として調べた道具一式と同じものを藤十も目にすることができた。

そのすべてがさまざまに異なる刃先の形をしている。ひらべったいものもあれば、刃先が丸くなっているのもある。そして、それぞれ太さや幅も異なる。

やはり、すべての刃先は手にもつ柄から一寸ほどしか出ていない。

道具の中に、一際細い彫刻刀が藤十の目に入った。形状は、畳針にも似ている。

「これなどは、なんて言うのです?」

藤十は、それを指さして訊いた。

「これですか? これは剣先と言いまして、文字の中をくり抜くときに使います。とくに、細かい文字などはこいつで……」

仙吉の、澱《よど》みのない答えであった。口調に変化は感じられぬ。

「ちょっと、もたせてもらってもいいですか?」

「はい、どうぞ」

「これなどは、切り出し刀と言いまして……」

先が斜交《はすか》いになった、幅広のものを手にして仙吉は説いてくれるも、剣先を手にとって見ている藤十の耳に、入るものではなかった。

——これならば胸の秘経を突くこともできるな。

藤十の頭の中は、そんな思いが駆け巡っていた。

いつまでも、剣先を眺めている藤十に仙吉の訝しげな目が向いた。

「藤十さん、まさか……?」

藤十は、その仕草でもって暗に仙吉の関心を向けさせようとしていたのである。

仙吉のほうから気づけば、話はかえって早い。

「まさかとは？」

あえて藤十は惚《とぼ》ける振りをした。

「それで、旦那様の胸が突かれたとでも……？」

「いや、八衛門さんの死因は心の臓の発作でありましょう」

「そうとはなってますが……」

「あれ、違うのですか？」

藤十の問い立てに、若い仙吉は顔に歪《ゆが》みをもった。

「仙吉さんの、そのもの言いでは、心の臓の発作ではないと思ってるのですかね？」

藤十は畳み込むようにして訊いた。

「ここだけの話ですが……」

絶対に黙っていてくださいと、藤十に釘をさして仙吉は語りはじめた。

「旦那様は殺されたのです」

「えっ！」

きっぱりと言う仙吉に、藤十は驚く目を向けた。たしかに殺されたのには違いない。だが、仙吉の口から面と向かって聞けるとは思わなかった。

「どういうことですか？」

「旦那様は、寺社奉行所の役人によって殺されたのです。いや、そうは言っても手前の憶測ですが」

「憶測って、もしそうだとしたら、大変なことですよ。なぜにそんなことが……？」

言えるのだと、藤十は訝しげな目を仙吉に向けた。

「あんな、いい旦那様をこんなにしたあいつらが憎い」

嗚咽《おえつ》が混じる、仙吉の声音《じか》であった。

「藤十さん、人ってのは直に手をくださなくても、殺すことができるのですね」

仙吉の言っている意味を、すぐには理解できない藤十であった。

「あいつらって？」

あいつらが憎いと言った、仙吉の言葉が気にかかる。

「寺社奉行所の役人たちです。その内の一人だけ、名を知ってます」

「名を……？　なんていうか教えちゃくれないか」

「はい、たしか富田とか言ってました」

「とみた……」

藤十は小さく声を発し、その名を頭の中へと叩き込んだ。

詳しく話を聞かせてくれと、藤十は立って話す仙吉を座らせた。

「仙吉さん……」

「はい」

座って落ち着いたか、仙吉の表情は元へと戻っている。

「なぜに、八衛門さんは寺社奉行所の役人に殺されたと言えるのです?」

藤十は、仙吉からゆっくりと答えを引き出すように誘導した。

「あの日の朝、あたしもあの現場にいたからです」

「なんですって?」

「なぜだか分かりませんが、寺社奉行所に行くから、江戸橋の桟橋まで彫刻刀の入った道具箱をもってついて来いと言われ一緒に行きました。それで……」

こんな朝早くからおかしいなと思いながら、五間の間を置いてついていったと言う。

「……寺社奉行のところに?」

仙吉の耳には届かないほどの声で、藤十は呟いた。

「普段でしたら青物稲荷に朝の参拝をし、願をかけるのですがそれもなく通りすぎて行きました」

その光景は、六十歳を過ぎた顔見知りの老人が見ている。

「江戸橋の、南詰めから一番手前の栈橋で道具箱を置くと、旦那様は戻っていいとあたしに命じられました。その栈橋に着く猪牙舟《ちょきぶね》で行くと言ってましたが、まったく不思議なことばかりでして」

仙吉の話に、藤十も共感したか小さくうなずいて見せた。

「もっていった道具箱ってのは、さっきの見せてもらったようなものかい？」

このあたりから藤十の仙吉に向ける口調は、普段どおりのものとなってきた。

「ええ、大体同じようなものです」

「まだ、猪牙舟ってのは着いてなかったのだね？」

「はい、まだだったみたいです。そして……」

「……そして？」

「あたしが戻ろうと江戸橋の袂から辻を曲がり、十歩ほど歩いたところで旦那様がいる栈橋のほうから声が聞こえてきました。『人が倒れているぞー』と……」

まさかと思いながらも仙吉は駆けつけてみると、八衛門がうつ伏せになって倒れている。すでに周りには人が寄ってきていて、仙吉が近寄ることもできなかったと言う。

仙吉は、急ぎとって返すと八衛門の女房お佐代に報せたという。

「仙吉さんが、声を聞きつけ桟橋についたとき、もっていった道具箱というのはあったかい？」

「いや、気がつきませんでした」

喜三郎は、道具箱のことにはいっさい触れてなかった。となれば、現場にはなかったことになる。誰かがもっていったか、川に捨てたかである。

「それで、仙吉さんは寺社奉行所の役人が八衛門さんを殺したって言ったのだね」

「ええ、そうではないかと」

仙吉の話はやはり憶測であった。

「ところで一つ訊きたいのだが、彫刻刀の刃先というのは、柄からすぐに取れるものなのかい？」

「ええ、刃先はとっかえひっかえしますから、簡単に抜けるようにできてます」

言って仙吉は、剣先の刃を柄から取り出して見せた。刀部はやはり、柄から出ている分の三倍の長さがあった。

四

——それにしても腑に落ちない。

藤十は、仙吉に訊きたいことが幾つもあった。

「なんで寺社奉行所が八衛門さん殺《あや》める必要があるんだろうなあ。仙吉さんはどう思う?」

藤十は、やはり一番気になるところをぶり返して訊いた。

「いえ、さっぱり分かりません。むしろ、旦那様がいなくなったら、困るのは寺社奉行所でないかと……」

「そうだろうよなあ」

藤十は、仙吉の言うことに相槌を打った。

富札の刷りの苦慮は、八衛門が亡くなる前の日に聞いている。相当にがっかりとした様子は、藤十の瞼《まぶた》の裏にも鮮明に残っている。大手でも手を拱《こまね》くほど厄介な仕事を出しておきながら、亡き者にするとはどうしても解《げ》せない。藤十はそこに考えが至ったが、口に出すのは止めて顔を仙吉に向けた。

「さっき、仙吉さんは寺社奉行所の役人の名を言ってたが、たしか……」

「富田って言っておりました」

「そう、富田だった。その名をどこで知ったのだい？」

「はい、その日の旦那様の遺体を届けにきて大八車を牽いていた人夫が、お役人の名を口走ったのを思い出しました」

遺体が届いたあたりの話は前にも聞いている。

仙吉の話で富田という役人が、八衛門の遺体を引き取って行ったことがこれで分かった。だが、寺社奉行所がなぜに八衛門の死を知って、すぐ番屋へ駆けつけることができたのかその理由については依然不明であった。

「もう一つ訊くけどいいかい？」

「ええ、なんなりと……」

「仙吉さんたちは、寺社奉行所からの仕事をどう思ってる？」

「はい、あんなできもしない無理な仕事をもち込んだことに、ここの職人はみな腹を立てています。なぜにここに仕事が振られたのだと、みなで旦那様に食ってかかりました」

「えっ、食ってかかったと？」

藤十は、昨夜佐七が言っていたことが仙吉の口から出て、小さく体を乗り出した。これも訊くべきことの一つであった。

「それで、八衛門さんを恨《うら》んだ者がいたと？　もしかしたら……」

「いや。そんなことで誰が旦那様を殺めたりするもんですか」

とんでもない言いがかりだと、仙吉の頭が大きく振られた。仙吉の態度からは嘘はうかがえない。

「そんなことは絶対にありませんから」

仙吉が念を押したところであった。

「誰かいるのか？」

閉めてあった遣戸がガラリと開き、外から声がかかった。

藤十と仙吉が、声の主のほうに向くと、加介《かすけ》というやはり彫りのほうの若い職人であった。仙吉より、二歳ほど年上で一年早く入った先輩である。

「なんだ、仙吉と藤十さんではないか。こんなところで何をしてる？」

加介も、藤十も互いの名は知っている。

「はい、藤十さんが工房を見たいと言われまして」

仙吉の先輩に対する言葉遣いであった。

「いったいあのような書物はどのようにしてできるのかと、仙吉さんに教えていただいてたのです。ええ、こんなときではないとゆっくり見られないものですから」

藤十の言い繕《つくろ》いに、加介は一瞬枡《ます》のような四角い顔を歪めたが、すぐに元の素顔に戻して言った。

「左様ですかい。それはいいとして、仙吉……」

「はい」

「旦那様のご出棺のときだ、早く来な」

加介が先輩風を吹かして、仙吉に言った。

「申しわけございません。それではこれで……」

出棺には藤十も野辺《のべ》の送りに立ち会わなければ、弔いに来た意味がない。藤十も工房の建屋から出て、住まいのほうへと回った。

結局、仙吉から聞き出したのはそこまでであったが、藤十は充分な収穫だと思った。何より、とりあえずは、役人の名を知ることができた。

――しかし、なぜに寺社奉行所は八衛門の遺体をもっていったのだろうか？

難問は藤十の頭の中で、蜘蛛《くも》の巣のように張り巡らされていた。

踏孔療治を一軒済ませ、藤十が住吉町の左兵衛長屋に戻ると、向かいに住む十九歳になった娘のお律が待ちかまえていた。

一つ齢を加え、娘というより女らしさが滲《にじ》み出てきている。お律の想《おも》い人が誰かを藤十は知っている。だが、お律自身が言わない限り、あえてそれを口にすることはなかった。

「お帰り、藤十さん」

お律の様子に藤十を待っていたことが知れる。

「いかりやが来たのか？」

藤十と喜三郎は、お律をつなぎとして使っている。藤十が留守のとき、喜三郎はお律に伝言を頼み、喜三郎に渡りをつけたいときはお律を鹿の屋に走らす。

「ええ、暮六ツに鹿の屋に来てだって」

ちょうどいい。藤十も喜三郎と話がしたかったところだ。

「分かった、ありがとうな」

礼を言うと藤十は、懐から巾着《きんちゃく》を出し中から一分金を駄賃《だちん》として一つ取り出した。この日、踏孔療治を施した上がりである。

「こんなにいらないわ」

「いいから取っておきな」

こんな気前のよさが、普段から金がないと嘆《なげ》いている原因であった。

暮六ツまでには一刻ほどある。

藤十は、自分の宿に戻り畳の上に大の字となって、頭の中に張り巡らされた蜘蛛の糸を解きほぐそうとしはじめたところだった。

夕七ツの鐘が鳴りはじめたところで、障子戸が建てつけの悪い音を鳴らして開いた。

「ごめんください」

寝転ぶ藤十に、聞き覚えのある声であった。

「……六助さんか」

誰かと気づき、藤十は寝転ぶ体をすぐに起こした。

「お休みのところ……」

「いや、今帰ったところでしてちょっと一休み……」

「それは、申しわけありませんでした」

「いや、いいんです。ところで……」

「お嬢様が、急きょお会いしたいと」

美鈴からの伝言であった。

「それはちょうどよかった。でしたら暮六ツに……」

喜三郎と鹿の屋で会うことを、六助に告げた。

「それでは、そのように申し伝えます。それではこれで……」

ごめんくださいましと言って、去ろうとする六助を藤十は止めた。

「そうだ、六助さんに訊きたいことがあった。ちょっと上がってくれませんか？」

なかなか六助とも話すことがなかった藤十は、これはいい機会だと六助を引き止めた。

「何か……？」

藤十は、前より六助に訊きたいことがあった。

「六助さんは、以前版木を彫る職人ではなかったですか？」

藤十は、いきなり切り出した。

「えっ、なんでそんなことを？」

「俺は踏孔師って言いまして……」

「ええ、ぞんじてますが」

「それで、けっこう人の体のことが気になりまして……」

藤十の前置きを、六助は怪訝な顔をして聞いている。

「実は八衛門さんという人の手と……」

六助の右手の人差し指に、八衛門と同じような胼胝《たこ》ができているのを藤十は見て取っていた。

すると、顔色が見る間に変わった。

「今、なんとおっしゃいました？　たしか、八衛門とか……」

六助の表情が変化したのは、過去を見破られたのもそうであったが、別の理由もあった。

「それってのは、もしや三年堂では？」

六助の口から三年堂と出て、藤十は驚愕《きょうがく》した。六助は、事件のことは美鈴からも一切聞いていないとそのあとに添えた。

「六助さんは、三年堂の八衛門さんをごぞんじで？」

互いに驚く顔が向き合う。

「ぞんじるも何も、あたしが三年堂にいたときの弟弟子でしたから。もっとも、二十年以上も前の、ずっと昔のことでしたが」

藤十も六助の過去を聞くのは初めてだし、美鈴も知らなかったことである。

「その八衛門がどうかしたんですか?」

六助は訝しそうな顔をして、逆に、藤十に訊き返した。

「実は……」

藤十は、八衛門の不慮の死を語り聞かせた。

「なんてこった」

苦渋のこもる、六助の声であった。

ちょっと版木彫りのことを訊きたくて引き止めただけなのに、思わぬ成り行きになってきている。

「ならば六助さんに見てもらいたいものがある」

言って藤十は、うしろを振り向き、小机の上に置いておいたものを手に取った。

ものは手ぬぐいに包まれていた。

「ちょっと、これをご覧いただけますか?」

ゆっくりと藤十は四つに折られた手ぬぐいをあけた。中から出てきたのは、仙吉から拝借した剣先という種類の彫刻刀であった。

「これは……?」

「ごぞんじではございませんか?」

「いや、これは版木を彫る剣先ではありませんか。これがどうしたと？」

「これで人が殺せると思いますか？……いや、ごめんなさい。いきなり辛辣《しんらつ》なことを訊きまして」

藤十の問いには答えず、六助は彫刻刀を手に取り眺めている。そして、六助から出た言葉は――。

「ええ、殺せると思いますが。もしかしたら、八衛門はこれで？」

「いや、もしやと思っているだけです。何しろ、傷口がほとんどないみたいでしたから」

六助は、剣先を手に取るとまじまじと見やった。

「ちょっと、あたしにももう少し詳しく聞かせてくれませんか」

四半刻ほどかけて、おおよそのあらましを言い、八衛門の死因について藤十は六助に語った。

六助の顔は驚きに満ちている。だが、それが何を意味するのかまでは藤十には予測もつかぬことであった。

「それで仙吉という若い職人は、八衛門さんは殺されたと言ってましたが」

藤十は、ここで言葉を置いた。

「殺されたと……いったい誰に？」

「その下手人を捕まえたいと……」

美鈴も奮闘しているのだと、藤十は言った。

「もしよろしければ、あたしもみなさんの一員にお加えください。ええ、今回限りでいいですからお願いします。ずっと昔でも、同じ釜《かま》のめしを食った男が殺されたとあっては、無下にはできません。こんな老いぼれですが、何かの役に立てればと。それと、美鈴様にもお伝えせねばならないことがございますし……」

「えっ、そのもの言いは……？」

六助の終《しま》いの一言に、何かの覚悟を含むものとそのとき藤十は感じていた。

五

この夜も鹿の屋で落ち合うことになった。

佐七と代わって六助がいる。

いつものように、酒と肴《さかな》を前にして話は事件のことに触れている。

「まずは藤十の話から聞こうじゃねえか。どうした、葬式は？」

「その前によろしいでしょうか？」

いつも話があと回しにされると、美鈴はひと膝乗り出して言った。

「でしたら、美鈴どのからうかがいますかい」

こほんと、女らしい咳払いをして、美鈴は語りはじめた。

「昨夜、藤十どのと別れて……」

口調を若武者衣装に合わせて男に変える。

美鈴は、昨夜に遭った暴漢のことを語った。

「あれから四人の若侍が、富札を買うためにと言って美鈴を襲ったのか？」

「はい。それで、一人の腕の骨を叩き折ってやりましたが、仲間の一人が『時任』と名を言ったのです」

骨を叩き折ったと聞いたとき、藤十は美鈴の横顔の美しさが半減する思いとなった。

「今朝方になって、父上の稲葉源内にこれまでのことを話しましたら、土山備前守《つちやまびぜんのかみ》直亮《なおすけ》というお大名が寺社奉行に名を連《つら》ねていることを知りました。その配下に時任一馬《かずま》という大検使役の男がいたのです」

美鈴が父上と言った稲葉源内は、誠真館の館主で美鈴の養父である。

「まさかと思い、土山家の上屋敷を探りましたら門の外に、ちょうど佐七さんがいたのです」

「えっ、佐七が?」

「そうです。昨夜言っていたこれから忙しくなる仕事というのは、水島《みずしま》藩土山家の屋敷だったのです」

「佐七は、下屋敷と言ってなかったか?」

藤十が、美鈴の話に口を挟んだ。

「それは、わたくしには分かりませんが。とにかく、佐七さんがいたのですから。それで、佐七さんに中の様子を訊こうとしたのですが、お仲間と一緒に行くところがあると言われ、その場はあきらめました。しばらくしてから、屋敷から出てきた藩士を呼び止め聞き出したところ、時任の三男におりました。そのごく潰しが一人……。靖《やす》亮《すけ》という名ですが、腕を怪我して役宅で寝ているとその家臣が教えてくれました」

こんなときの美鈴は都合がいい。女の衣装に戻り、出てきた家臣に片目を瞑《つむ》ればなんでも聞き出すことができる。そんな風にして聞き出したと、美鈴は笑みを浮かべて言った。

「それと、若侍の内のもう一人。誰かが富田と申しておりましたので、おそらく家臣の一人ではないかと訊ねたところ、富田左馬助《さまのすけ》という小検使役がいるのが分かりました。襲った一人も、その富田の馬鹿むすこ……」

「ちょっと待て、美鈴」

藤十から話を途中で遮られ、美鈴がその美しい顔を幾分歪めさせて、藤十に向いた。

「今、富田とか言ってたな？」

「ええ、それが何か？」

「これは大変なことになったぞ、美鈴」

何が大変かと、藤十の口調に三人の顔が一斉に向いた。

「美鈴の話は大まか分かった。少し置いといて、今度は俺の話をしていいか？」

藤十は、三年堂の彫り職人仙吉との話をそのまま語った。

「すると、八衛門さんの遺体をもっていったのはその富田左馬助っていう小検使役だってのかい？」

喜三郎が座卓に腕を載せ、身を乗り出すようにして訊いた。

「多分、そういうことだろう」

一気に視界が開けるような気がしたものの、相手は大名が司る寺社奉行所である。

喜三郎は、座卓から身を引くと大きく首を横に振った。

「こりゃ、手に負えねえな。やはり、心の臓の発作ということで引き上げようや」

いざとなったら弱気にもなる。

「何をいってる、今さら。それを承知で集まってんじゃねえか。寺社奉行だろうが大名だろうが、風呂に入っちゃみんなすっぽんぽんだぜ」

「そんな喩《たと》えは……」

——それにしても、藤十のこの強気はどこからくるのだい？

喜三郎が、その長い顎に手をあてて考えに浸った。

藤十と美鈴にすれば、うしろに老中板倉勝清が控えている。

しかし喜三郎は、三十俵二人扶持《ぶち》の禄《ろく》を食《は》む一介の町方同心である。

「おい、その強気もいいけど、あんまりつっ込まねえほうがいいんじゃねえか？」

寺社奉行所相手にどう太刀打ちできるのかと、尻込みするのも無理はない。木っ端《こっぱ》役人の弱気が口をついた。

「いや、いかりゃ。八衛門さんの死因を探ってたら、たまたま寺社奉行が絡んできた。そして今、その奉行が誰かも知れた。ここまで来といて引いたとあっちゃ、なんのために俺たちが動いているのか分かりゃあしねえ。そんなのとやり合うためにここにいるんじゃねえのか。もっとも、寺社奉行所の誰かが八衛門さんを殺《や》ったとは決まっちゃいねえし、まだやり合うまでには至っていねえ。だが、八衛門さんのためにも、その死因だけでもたしかめてやりたいのだ」

「あたしにも手伝わせてくださいまし」

「……六助、おまえ？」

「さきほど藤十さんから三年堂の八衛門さんの話を聞いたとき、心の臓が飛び出るほどの驚きを感じました」

六助の切り出しに、美鈴は小さく眉間に皺を寄せた。美鈴はまだ六助から話を聞いてないし、なぜこの席にいるのかも知らなかった。ただ、話したいことがあるとだけ言われ、駄目とも言えずに出席を許したのだが、まさか八衛門のことについて一家言《いっかげん》あるとは思ってもいなかった。


藤十のところに使いをやり、帰りが少々遅かったのは話し込んでいたからだと、今になって美鈴は気づいた。

――六助にいったい何が？

下男として誠真館に雇《やと》ってから一年ほど経つが、六助の過去に関しては、美鈴は何も知らなかった。その実直な性格と献身的な仕事ぶりに、過去はどうでもよいと訊きもしないし、気にもしていなかったからである。

そしてこの日、初めて六助の口から過去が聞かされる。

「二十年以上も前のことですが、あたしは八衛門と一緒に仕事をしてたことが……」

「なんだって？」

六助の話を遮り、喜三郎が身を乗り出した。

「おいいかりや、いいから話を聞け」

藤十が手を差し出して、喜三郎を制す。

「つづきを語ってくれませんか」

そして、六助の語りを促す。美鈴は、ただ一点六助を見やり、黙って次の語りを待った。

「八衛門とは、十五ほど齢が違いますかねえ」

六助の口調から、八衛門の敬称は抜けている。いつまで経っても弟弟子であることが抜け切らない。

「あたしが四十のとき、ある版元の職人として板を削っていたことがあるんですが、そのとき一人の小僧が彫り職人の見習いとして入ってきまして、それが八衛門でありました。あたしはそんなに手先が器用じゃありませんので四、五年もしないうちに、腕を追い越されましてねえ。それは、たいした腕でありました。ところがあることでもって……あたしが彫り職人を辞めるきっかけになったことなんですが……」

言葉に含みを残して、六助の言葉は一旦止まった。

「あること？」

「へえ……」

と、藤十の問いに小さく答えたきり、六助の口は止まった。そして、しばらくの沈黙があったあと、六助の口はようやく動き出した。

「藤十さんの、懐にしまったものを出してはもらえませんか？」

「これですか？」

懐から、四つに畳んだ手ぬぐいを取り出す。

「開けてもらいますか？」

中に入っているものが何か、喜三郎と美鈴はまだ知らない。じっと藤十の手元を注視する。

藤十は、ゆっくりと畳まれている手ぬぐいを広げた。

「これは……？」

訊いたのは、喜三郎であった。

「得物です」

「えもの……?」

柄のついた剣先形の彫刻刀を、六助は『得物』という表現をした。

「これは、殺しの道具にもなることがあります」

「なんだって!」

「それってのは殺し屋ってことか?」

藤十と喜三郎が同時に驚く声を上げた。

美鈴も、六助が殺し屋なんてところに絡んでいたとは思いもよらず、ただその大きな目を見開くだけであった。

「いや、殺し屋ってのではありません。ずっと以前、それでもって人が刺され死んでしまったのを見たことがありまして……」

六助の話は驚かされることばかりであった。

「ある日のこと……」

ここで六助は、遠くを見るように物悲しい目つきとなった。そしてつづきが語られる。

「八衛門と二人でもって居酒屋で……」

酒を酌み交わし、酔って店を出たときに向かいから歩いてきた遊び人風の男とすれ違った。互いにふらついていたので肩同士が触れ合い、遊び人風が八衛門に因縁をつけた。口よりも手のほうが早い遊び人は、八衛門に襲いかかる。

「あたしはただ、酔いとあたりの暗さで何が起こってるのかとつっ立ってるだけで。そして気がつくと……」

男は倒れ、八衛門の手には剣先の柄が握られている。刃先部分が男の胸に刺さっているが、不思議と血が出ていない。

「ええ、八衛門はこれと同じ剣先でもって人を殺めてしまったのです。二人はずっとそのことを秘密にして……」

ここで六助は、語りに疲れたか一呼吸置いた。

酒の注がれた杯をもち、ぐっと一息であおると語りで渇いた喉を潤すのであった。

「六助さんが美鈴に言いたかったことってのは、そのことだったのですか？」

「ええ……はい」

六助は、うつむきながら小さく返した。美鈴の態度が気になるようだ。

「…………」

しかし美鈴は言葉もなく、ずっと六助の語りを聞き入っていた。

六助も、美鈴の咎めを覚悟しているのか、顔を上げると再び語りに入った。

「藤十さんからその話を聞いたとき、これは殺しとすぐに思いました」

偶然にも昔、剣先でもって血を流さずに胸を刺せることを、六助は見ている。

「ということは、下手人は彫師ってことかい」

喜三郎は体ごと横を向かせ、六助の話に聞き入っていた。その大柄な体を前かがみにして思案に耽《ふけ》る。

「そうなると、三年堂の職人が主を……？」

藤十が六助のほうに身を乗り出して訊いた。

座卓の真ん中に置かれた刺身の盛り合わせには、誰も箸をつけていない。切り身の表面が照りをもちはじめているが、頓着するものではなかった。

「いや、なんとも言えないですが、自分がやったのと同じような殺され方をしたのは八衛門の因果でございましょう。そんなんで、あたしも加えていただきたいと、藤十さんにお願いしたのです」

「ならば六助……」

美鈴がようやく口を開いた。

「一緒に八衛門さんの意趣を晴らしましょうぞ」

「すると、美鈴は……?」

「三十年も前のことです」

藤十の問いに、美鈴は一言で答えた。

六助が三年堂を辞めたのにはもう一つの事由があった。だが、事件とはかかわりなきことと取り、六助はそれをここで口にすることはなかった。

六

六助の語りでもって藤十と喜三郎、そして美鈴の頭の中からはいっとき寺社奉行所のことは飛んでしまっている。

「やはり、八衛門さんと奉公人の間でのいざこざか……」

藤十は六助の語りを踏まえ、考えをまとめようとしたところで、襖の外からお京の声がかかった。

「佐七さんがお見えになりました」

「おお、そうかい。入ってもらいな」

喜三郎が内側から声を投げた。同時に、すうっと襖が開く。植木職人姿の佐七が、腰を低くして入ってきた。

「お律ちゃんから聞きやして……」

「ああ、佐七は忙しいだろうから声をかけなかったんだが、来てもらってよかった」

訊きたいことがあると、藤十は佐七が来たことがありがたく思った。

「その前に、この刺身を食っちゃってくれねえかな。腹が減ってるだろう？」

「へい、いただきやす」

一つ頭を下げて、佐七は座卓に近づくと六助に向いて軽く会釈《えしやく》をした。

佐七は六助のことを知っているが、六助は佐七とは面識がない。ただ、美鈴からは名を聞きおよんでいる。

「よろしく……」

互いの挨拶があって、座は落ち着きを見せた。

「いつ食っても、うめえでやすねえ」

「もう少し、ゆっくり食えばいいじゃないか」

刺身に醬油《しようゆ》をくっつけ、食べまくる佐七に藤十が声をかけた。それで、佐七の箸の回転も鈍りを見せた。

「ところで、佐七……」

「へい、なんでやしょう？」

「今日、美鈴どのと会ったんだってな」

「ええ、そうでやした。先ほどは、失礼いたしやした。それに、頼みごとを断ったりして……」

「いえ、それはどうにかなりました。こちらこそ、忙しいのに……」

逆にすまなかったと、美鈴が詫びを言った。

「それで、普請なんだが水島藩土山家の上屋敷なんだってな。昨日は下屋敷に行くと言ってなかったか？」

「ええ、それが急きょあっしらは上屋敷に。もっともそのあと、下屋敷に行きやしたが……」

「なんだ、一日で両方かい」

「ええ、てんてこ舞いしておりまさあ」

「水島藩の下屋敷ってのは、どこにあるんだ？」

「大川を渡った深川でして……」

「深川だって広いだろう。どのへんだい？」

藤十と佐七の会話がつづく。

「仙台堀《せんだいぼり》の北側にありやす」

「そうかあ……」

「明日からは下屋敷のほうで。何か、探りますんで？」

「いや、まだいいだろう。仕事に没頭してくれ。……いやちょっと待て」

藤十は、いっとき六助の語りから三年堂に行っていた頭の中を、寺社奉行のほうに切り替えた。

ここで藤十はひとしきり、富籤を取り仕切る寺社奉行が水島藩土山家であることを佐七に語った。

「なんですって？」

佐七にしては初耳である。

「それで、美鈴さんが昼間……」

「水島藩のことを知りたくて、上屋敷までまいりました」

「そこでだ佐七、忙しいだろうけど、なぜ水島藩が庭の普請をするのか探ってもらえないか？」

水島藩が慌《あわただ》しく屋敷の庭を造り替える。ここにも何かあると踏んで、藤十は佐七を動かすことにした。

「へい、分かりやした。普請の目的を探ればいいんですね？」

「そういうことだ」

佐七には、六助から聞いた話は語らぬことにした。水島藩から視点がぼけてはいけないと思ったからだ。

当面佐七には、水島藩士山家が司《つかさど》る寺社奉行所の探索だけをしてもらうことにする。

そこに、藤十と佐七のやり取りを聞いていた喜三郎が、口を挟んだ。

「ついでに、上屋敷ってのはどこだ？」

「新橋《しんばし》で神田川を渡って三町ほど行った、向柳原《むかいやなぎわら》です」

これには美鈴が答えた。

「上と下の屋敷の庭をいっぺんに造り替えるとなると、かなりこれがかかるんでは？」

喜三郎が、指を丸めて藤十に向いた。

「それもそうだけど、なぜに今になって庭を造り替えなきゃいけないのだ？　それも大急ぎで……これが知りたいところなんだ」

佐七に動いてもらいたい理由《わけ》を藤十が言った。

「やはり、富籤とかかわりがあるのだろうか？」

「ああ、おそらくな。さっきいかりやが指を丸めたことと、大いにかかわることなんだろうよ」

「やはり、利権が絡むのか」

「ああ、もの凄い金が裏で動くのだろうな」

それに八衛門は巻き込まれたと藤十は取っていたが、六助の話を聞いてそれも首を捻らざるを得なかった。だが、寺社奉行所が八衛門の死体を引き取ったのは事実である。やはり、どこかで結びついてるとの、勘も働く。

しかし、寺社奉行所については、やはり板倉勝清の助言がないと踏み出しづらい。佐七の探りを見てから、訪ねようと藤十は思った。

当面は、八衛門殺しを三年堂と寺社奉行所の両面から探ることにした。三年堂のほうは、喜三郎と六助が動くことになろう。

「まあいいや、話を元に戻そう」

佐七が来て、中断になっていた八衛門殺しへと話を戻すことにした。

「話はどこまで行ってたっけ？」

「得物は剣先ではないかと、そんなところです」

六助が言って、藤十は頭の中の考えを引き戻した。

「そうでしたね……」

六助の話で、八衛門は剣先で刺されたものと思われる。下手人は誰かと、六助の話をまとめようかとしていたところであった。

――いったい誰が？

藤十が思いおよんだところで、佐七が声をかけてきた。

「すいやせん、藤十の兄貴……」

なんだいと、藤十の顔が佐七に向くと、どうも様子がおかしい。佐七の顔が真っ青である。

「おい、どうかしたのか？」

尋常《じんじょう》ではない佐七の様子に、藤十が心配げに訊いた。

「いや、てえしたこたあ、ありやせん……」

とは言っても、額からは汗が噴き出している。

「おい、刺身かよ」

喜三郎の顔が青くなった。鹿の屋の料理が原因となると――。

「お京を呼んでくるわ……」

「いや、そうじゃねえんで」

立ち上がろうとする喜三郎を、佐七自身が止めた。

「昨日から、一睡もしてねえんで。下見とはいえ、一日中こき使われもうへとへとで……」

疲れが出たのだと、佐七は自分で診立てた。

「これが、あと十日もつづくと思うと……ああ、やんなる」

こんな愚痴は言わぬ佐七である。仕事がよほどつらく堪《こた》えるのだろうと藤十は思った。

「なんだよ、これしきのことで佐七らしくねえな。愚痴も過ぎるんじゃねえのか」

「そう言いやすが藤十さん。人には限度ってのがありますぜ。見てねえから言えるんでしょうが、まったく人を馬か牛のようにこき使うのですぜ」

珍しく佐七が藤十にくってかかる。これは相当なものだと、藤十自身が思っていた。

言って佐七はよろけるようにして立ち上がった。

「おい、一人でだいじょうぶか？」

「ええ、なんとか帰れやすから心配しねえで……」

「だったら、ここに泊まってっちゃえばいいじゃねえか」

喜三郎が、隣の部屋に蒲団を敷かすからと言って、佐七が帰るのを止めた。

「いや、明日の用意もありやすんで」

無理にも戻らなければいけないと、佐七はふらつく足で鹿の屋をあとにした。

七

「相当きびしい普請みてえだな」

「無理をなさって佐七さん……」

佐七が去ったあとも、余韻が残っている。喜三郎の言葉に、美鈴が被せた。

「ああ、あれだけ佐七が愚痴を言うのも珍しい。きっと職人連中は……」

八衛門の弔いにかこつけ、それを探りに藤十は三年堂に出向いて若い職人の仙吉と話ができた。また、それとは別に藤十は、ほかの奉公人をそれとなく観察もしていた。だがみな一様に、主の不幸に首がうな垂れ、悲しみの淵にあるのが見て取れた。

「いや、やっぱり仕事がつらくなることだけで主を殺す奴はいない」

藤十は、いっとき佐七の考えを受け入れたが、ここではっきりと否定をした。

――動機はほかにある。

そう思ったとき、藤十の思考は別のところにおよんだ。

「……ん？　もし手繰《たぐ》られていたとしたら」

もし下手人が職人となれば、そのうしろに何か大きなものが絡んでいたとしても不思議ではない。

「ちょっとよろしいですか？　藤十さん……」

藤十の呟きを耳にして身を乗り出してきたのは六助であった。

「今、藤十さんの言葉の中に、手繰られていたとか言ってましたでしょう？」

「なんでしょう？」

「ええ、聞こえましたか？」

藤十の顔は、耳のいい六助に向いた。

「それってのは、先ほど話がでて来た寺社奉行……いや、余計な口出しをして……」

すみませんと、六助は頭を下げた。

「いや、それは今はなんとも言えません。ただことの成り行きからして、どうもそのような気がしてならないのです」

「それで、佐七に水島藩の屋敷を探らせようとしているのだな」

喜三郎が、藤十の言葉のあとを引き継いで言った。

「左様ですか……」

六助は天を仰《あお》いで考える。

「あたしが行って、探ってきましょう。ええ、老《お》いぼれた体ですが、昔いた三年堂に何があったかぐらい調べることはできますぜ」

そして、おもむろに顔を下げると言った。

「いや、お一人で行くのはいくらなんでも……」

危ないと、藤十は首を横に振った。

「いや、ここはどうしても」

だが、六助は頑《かたく》なに我を張った。

「ですが、六助さん。よしんば職人が下手人だとしても、そのうしろにはとてつもない大きな力が潜《ひそ》んでいるか分からないのですよ」

「だから、あたしが行こうってのですよ。昔いたところですし、職人の気心だって知ってます」

六助は、自らの考えを三人に向けて語った。

そして、六十歳にも手が届く、その老いた体に一鞭《むち》加えると六助は息巻いた。

「美鈴様、明日一日閑をいただきますがよろしいですかい？」

「父上にはそれとなく言っておきますので、わたくしはかまいませんが、それより六助のほうが……」

心配だと、美鈴は六助の身を案じた。三年堂よりも、藤十の言うとてつもない大きな力のほうに気が案じられる。

「いや、ご心配にはおよびませんや」

六助にここは頼ろうと思ったものの、やはり齢を考えたらいくら藤十でも二の足を踏む。

「ご心配にはおよばないと申されますが、やはりここは別の手立てで……」

語りの途中で、六助の鋭い視線が藤十に向いた。

――おや？

常人にはない凄みを、六助の視線に感じ取って藤十は言葉を止めた。

「年寄りだと、侮《あなど》ってもらっちゃ困ります。もし八衛門殺しの下手人が三年堂の中にいたとしたら、あたしは引っ込んでいるわけにはいかねえんです。もう、はっきりと言わせていただきますが、こいつはあたしとそいつとの勝負なんですから」

「勝負……？」

聞き捨てならない六助の言い方に、美鈴が眉根を寄せた。勝負という言葉一つに、六助の重い過去を感じる。

「いや、今しがた勝負なんて言いやしたが、実際に相対するなんてことはしませんから。やり合ったって勝ち目なんかありませんし。もし、何かをつかんだら八丁堀の旦那にあとはお任せしますんで、手柄にでもなんでもしてくださいな」

面と向かって相手になることはないと聞いて、藤十と美鈴は幾分の安堵を覚えた。そして、そこまで言われれば首を横に振るわけにはいかない。

「分かりました。六助がそれほどまで言われるのでしたらお任せしましょう。ただし、くれぐれも危ない橋は渡らないでくださいね」

「分かっておりますから美鈴様。どうぞご心配しないでくださいまし」

美鈴が許せば、藤十としては何も言えない。

「それでは一つ、六助さんの力を借りるといたしますか。ところで六助さんは手ぬぐいなどもってますか？」

「えっ？」

急に話が変なところに飛んで、六助の皺顔に縦線が一本増えた。

「なぜにあたしの手ぬぐいなど？」

「何かの役に立つかも知れませんので、あれば貸しといてください」

「ええ、かまわんですけど」

首を傾けながら、六助は小袖の袂にあった手ぬぐいを取り出し藤十に渡した。

美鈴も、藤十が意図することが腑に落ちず怪訝な顔であったが、喜三郎はにんまりとしてくみ取ったようだ。

明日の夕刻、藤十と美鈴は板倉の屋敷を訪れるつもりでいる。

六助が何かをつかんだら、喜三郎と渡りをつけることにしてこの日の長い話し合いがようやく終わった。


翌日、日が幾分西に傾いた八ツどき、六助は、日本橋平松町は三年堂の工房の前に立っていた。

懐かしいものでも見るような、古い建屋を眺める六助の目の配り方であった。

印半纏を着た職人の出入りから、仕事はすでにはじまっているようだ。ざくざくと、鑿《のみ》で版木を削る音も中から聞こえてくる。面の広い大まかなところは、刃幅の広い鑿で粗《あら》く削る。

そんな職人の仕事を懐かしく耳にし、六助はその場を動いた。足を、隣の母屋へと運ぶ。

昔、弟弟子であった八衛門の位牌《いはい》に手を合わせ、焼香をするつもりであった。

母屋の遣戸を開け、六助は家の中に声を飛ばした。

「ごめんくださいまし」

「はーい、どちら様？」

二回ほど声を飛ばすと、奥から女の声がした。

「……お佐代さんだな」

六助は声の主をつぶさに知った。懐かしい声であった。

三和土に立って、六助はお佐代が姿を現すのを待った。

亭主を亡くし、野辺の送りを済ませたあとだというのに、奥から聞こえてくる声は意外にも明るい。

さして広くもない家なのに、お佐代が目の前に立つまでの間が六助には長く感じられていた。

「お久しぶりでございます」

およそ、二十年ぶりの対面であった。

お佐代とは十五歳ほど齢が離れているから、もう四十五、六歳になるのか。三年堂の先代の娘であった。

上がり框に立つお佐代を下から見上げながら、六助はそんなことが真っ先に頭の中をよぎった。

「あら……」

お佐代の驚く顔が六助に向く。

「六助さん……？」

「覚えていてくれましたかい、お嬢さん？」

「お嬢さんだなんて」

照れくささからか、お佐代が口に手をあてて小さく笑った。

「何が忘れることなんかあるものですか」

「八衛門さんがとんだことになったと、噂で知りまして……」

「左様でしたか。でしたらさあ、お上がりになって……」

お佐代が、位牌を安置する部屋へと六助を導く。

「懐かしいですなあ」

部屋に入ると、六助は顔を四方に向けながら感慨深い面持ちで言った。

「二十年も経つかしら」

「月日が経つってのは、早いものですねえ。そうだ、ご焼香をしないと」

六助は、懐紙に包んだ香典を霊前に置いた。宗旨は浄土宗と聞いている。南無阿弥陀仏と三遍念仏を唱えて、六助の体はお佐代に向いた。

「この度はご愁傷さまで、お力落としのなきよう……」

月並みな慰《なぐさ》めを、お佐代に向けて言った。

「ありがとうございます。本日はご多用のところ……」

ご苦労様でしたと、お佐代も決まり文句で礼を返す。

通り一遍の挨拶を済ませると、二人の会話は一旦途切れた。

六助は、何から話してよいのかと、いざお佐代を前にして口がこもった。昔の話をもち出せば、積る話となって本題から逸れる。

お佐代も、久しぶりに来た珍客に話の糸口が見つからない。

思えば二十年前の、いやな別れ方であった。どうしても、互いに思い出したくないところに頭が行ってしまう。

その当時、彫りの職人であった六助と、三年堂の先代主定次郎《さだじろう》の娘お佐代との間に、たった一度であるが逢瀬《おうせ》があった。

誘ったのはお佐代のほうであった。六助には夢みたいな話である。

「——このことは誰にも黙っていてくれる」

逢瀬は、口止めをされた。

「もちろん、誰にも言うわけはないさ」

「だったらさ、これからもときどき逢おうじゃないかえ」

これに、六助は有頂天《うちようてん》となった。お嬢さんと一緒になれたうえに、三年堂の身代の跡継ぎだと、密《ひそ》かに思いが馳せる。

ある夜、六助は弟弟子の八衛門と酒を酌み交わすことがあった。酔いが口を軽くする。

へべれけになった六助が、ついぞ口にする。

「えへへ、黙ってろ……」

「黙ってろって、何をですかい？」

「だから、いいから黙ってろ。口に絶対しないと言ったら教えてやる」

呂律《ろれつ》も回らないほどの、酔いであった。

「絶対言わないと約束します」

そこまで言われれば、聞きたくなるのが人情である。八衛門は立ち上がると、直立不動の姿勢で言った。こちらもかなり酔っている。

「よし、それだったら言おう。三年堂を継《つ》ぐのは俺だからな。絶対に黙ってろよ」

六助は、お佐代とのたった一度の逢瀬を口に出してしまった。しかし、八衛門から六助への祝福はない。逆に鋭い目が向いた。

「兄い、それは兄いの思い過ごしだ。親方は俺のほうを買っている。それで、お佐代さんの婿《むこ》はあっしになることが決まってるんですぜ」

「なんだと？」

一瞬酔いから醒《さ》めた六助は、お佐代を問い詰めようと、ふらつく足で一人酒場を出た。八衛門がすぐにあとを追う。暗い夜道で遊び人とぶつかったのはそのときであった。

うしろで諍《いさか》いを感じた六助が引き返すと、常夜灯の下で男が倒れている。

「こいつで、刺しちまった」

八衛門の手には、彫師の命である彫刻刀の柄が握られている。剣先はついてない。六助が、こと切れた男の胸を見ると、刃先が刺さっている。心の臓に近い個所であった。だが、不思議と血が出ていない。

うろたえる八衛門を尻目に、六助は一計を案じた。

「……こいつを抜いたら血が噴き出す」

だったらと、六助は男の胸からわずかばかり出ていた刃先の尻を、ぐっと体の中に押し込んだ。刃先の全体が体の中に隠れると、都合よくも傷口も塞がれる。外見からは、外傷は見当たらない。

「このままにして、早く帰ろう」

怯《おび》える八衛門の背中を六助は押した。

その後の、巷の噂を耳にしたときほど六助と八衛門はほっとしたことはなかった。心の臓の発作で行き倒れたと伝え聞く。相手が札つきの無頼であったことも幸いした。おざなりの検死だったのだろう。

しかし、男を一人殺めたのには違いない。三年堂の跡取りのことといい、八衛門とぎくしゃくしはじめたのは、それからである。

ある日のこと、親方の定次郎から呼び出され、そして言われた。

「おめえ、三年堂の跡取りになろうと思ってんだろうが、とんだ皮算用だな。ここの身代は八衛門て俺が決めてるんだ。余計なことには口を出さねえほうがいいぜ」

六助が、三年堂を辞そうと決めたのは、そのときであった。これ以上居座ったら、おそらく遺恨からあの夜のことを誰かにばらしてしまうかもしれない。六助が三年堂からいなくなったのは、その日の内であった。

第四章　ざまあみやがれ

一

六助は、八衛門の犯した罪を知っている。しかし、二十数年ぶりに会ったお佐代に、そのことを告げることはなかった。

「何をぼんやりと考えているんです?」

八衛門の位牌に目を向けて、昔のことを思い出している六助の顔を、お佐代はのぞきこむようにして訊いた。

「いや、ちょいと八衛門さんとの思い出を。二人してよく呑みに行きましてなあ」

当たり障《さわ》りのない答えを、お佐代に向ける。

「左様でしたか。もし、あのとき……」

「いやお嬢さん、もうそんなこたあ忘れましょうや」

「お嬢さんだなんて……」

口に手をあて、お佐代が小さな声で笑った。

「昔と変わらないですね、その笑い方。ところで、お嬢さん……」

このあたりから六助は本題のほうへと頭を切り替える。

八衛門とお佐代は子宝に恵まれず、三年堂の跡取りがいない。

「お子がいないようですが、この三年堂はどなたが継ぐのです？」

六助の気になるところであった。こんなところでのもつれが、往々にして殺しに発展することがある。ここも聞いておきたいところである。

お佐代には、六助の心根が知れようはずもない。かなり以前であっても、三年堂に奉公していた男である。今後の成り行きが気にかかるのは当然だろうと取って、六助の問いに疑問を挟むことはなかった。

「ですからねえ、そこが……」

お佐代が首を傾げ、言い出しづらそうにしている。

「そこがとは？」

次に出る、お佐代の言葉を待てずに六助はごくりと生唾を呑んだ。

「あたしはどうかと思うのだけど……」

それでも、なかなか切り出さない。六助は、慌てずに黙ってお佐代を見やってい
る。

「あの人が養子として望んでいた人……」

「養子を取ろうとしていたのですか？」

「ええ……」

「いったい誰をです？」

「六助さんはごぞんじないと思いますが」

「ええ、そりゃもう知っている人なんていないでしょう。今の三年堂でぞんじてるの
は、八衛門さんぐらいなものでしたから。それもう、いなくなった」

言って六助は、八衛門の位牌に目を向けた。

「仙吉という……」

脇を向いた八衛門の耳に、お佐代が言う名が聞こえてきた。

「今年二十二歳になる、彫りのほうの職人でして」

「……せんきち？」

どこかでその名を聞いたことがあると思った六助だが、すぐには思い出せない。こ

こが老いた頭だと、このときほど六助は自分の齢を恨めしく感じたことはなかった。

「亭主は、かなり手先が器用だとその腕を見込み、深夜にかけてまで仕事を教えていたことがございます」

「深夜まで……？」

そういえば、先代定次郎が八衛門に版木彫りの手ほどきをしていたのは、やはり深夜であった。

昔のことはすぐに思い出す。ちぐはぐな頭になったと六助が憂いたところで、仙吉の名が脳裏に浮かび上がった。

昨夜寄り合った、藤十の話の中に出てきた名である。聞いていれば、実直そうな若者であった。少なからず藤十は、話の中で仙吉のことを褒《ほ》めていた。

「ええ、かなり遅くまで手ほどきをしてました。あまりにも根を詰めるもので、あたしがお夜食をと言いましたところ、余計なことはするなと、えらく叱られまして。それほど仙吉を見込んでいたのでしょうねえ」

「そんなに腕が立つ職人なんですか？」

「俺より上をいくと、亭主は言っておりましたぐらいです」

八衛門もたいした彫りの職人であった。その上をいくとは相当なものだと、彫りの職人であった六助は思った。

——八衛門さんは、仙吉を後継ぎに選んだのか。

だとすれば、相当に器用な男なのだろう。

「ですが……」

お佐代には言いたいことがあるらしい。

「その仙吉という男……」

あたしはどうかと思うのだけどと、先に言ったお佐代の気乗りのなさが、ここで明かされる。

「どうもあたしは、いけ好かないのさ」

「いけ好かないとは？」

「そう、一口に言えば女の勘かも。はっきり、どこがというところではないのだけど、しいて言えば……」

「しいて言えば？」

「暗いのよ、どことなくね。そういえば、八衛門もそんなところがあったけど。でも、あれは亭主。多少、嫌なところがあっても仕方がないし」

「暗い……」

「ええ、何を考えているのか分からないところがあるし。それよりも、ここにきて、うちの若い職人が変な人と会っているみたいなの。それが仙吉ではないかと……」

「変な人ですか……？」

「あたしは直《じか》に見てないのだけど、ときどき出かけては、侍と会っているみたい」

「侍……？」

一口に侍と言ってもいろいろといる。どんな侍かと、六助が訊いた。

「相当偉そうなとか源次郎は言ってたけど……もういいわ、そんな話はよしましょ。八衛門は後継ぎを仙吉と決めてたのですから、余計なことを言うのは」

「仙吉というのは、そのことを知っているのでしょうかね？」

「養子にするっていうこと？」

「ええ」

「いえ、まだ話してはいなかったみたいだから、おそらく知らないでしょうね」

なるほどと言って、六助は考える仕草をした。

「どうかなされました？」

「いえ……ところでお佐代さん、八衛門さんは誰かに怨まれていたことはなかったですかい？　たとえば、職人とか……」

「えっ、なんでそんなことを。六助さんがここにいらしたのは八衛門へのお悔やみではなかったのですか？」

しまったと、しくじりを感じた六助は咄嗟《とっさ》に言い繕いを考えた。

「実は、あたしの聞いた話では、八衛門さんは殺されたのではないかと……」

「違いますわ。心の臓の発作だと、寺社奉行所の診立てが出ております」

お佐代はきっぱりと言い切った。

「それにしてもなぜに職人がと？」

これには六助も答えに行き詰まる。

「いや、ふと思ったことですが……」

「ふと思ったにしては、言い過ぎではありませんか？」

「左様でした。いささか言葉が過ぎましたな」

言い繕ったものの、六助はお佐代に話をぶつけてみようと思った。

ひと膝捻って居ずまいを正す六助の所作に、お佐代は怪訝そうな目を向けた。

「ところで、三年堂は大変大きな仕事を、ここのところ引き受けなさったのではございませんか？」

「そのことをなぜ六助さんがごぞんじで？」

「いや、もうもっぱらの噂でありますよ。三年堂が富札の刷りを請け負ったということは、世間にすでに知られていることです」

六助は方便を使った。そうでないと、お佐代の疑念に歯止めがかけられないと思ったからだ。富札の刷り業者はまだ内示の段階で、世間に広まる噂ではなかった。おそらくこのことを知っているのは、三年堂でもごく一部の者と同業者たち、八衛門が漏らした藤十とその仲間たちだけであろう。

「内密にせよと、寺社奉行所から仰《おお》せつけられていたのに、どこから漏れたのでしょうそんな噂」

「そりゃ、一言職人の誰かが他人《ひと》に漏らせば、あっと言う間に広がりますよ」

しかし、弔いの弔問客は一言もそのことに触れなかった。だがそれは、みな口を噤《つぐ》んでいたものと、お佐代は取った。

「そうだったのですか」

「あたしが今日来たのも、そんな噂を聞きつけたからでして。少々敷居が高かったですが……」

「そんなことはございません。よく来ていただきました」

出まかせは功を奏したようだ。六助はこのとき考えていた。仙吉の仕事ぶりを見てみようと——。

「とんだ長居をして……」

ここで六助は座を辞すことにした。

「いえ、またいらしてくださいな」

お佐代に、玄関まで見送られ六助はその足を隣にある工房へと向けた。

「おや……?」

母屋を出た六助は、工房をうかがう深編笠《ふかあみがさ》を被った侍がいることに気がつき、ふともの陰にその身を隠した。

「あれは……?」

すると、若い職人風の男が工房から出てきて侍と二言三言言葉を交わすと、中に声を投げた。

「一刻ほど出かけてきます」

声は、隠れている六助の耳までも届いた。

そのとき六助はお佐代がさっき言っていたことを思い出していた。『——うちの若い職人が変な人と会っているみたいなの』と。

――あれが仙吉ってやつか。

六助が、二人のあとを追ったのは言うまでもない。

二

半刻ごとに鹿の屋に赴き、喜三郎は六助の報せを待った。

「まだ、六助さんは顔を見せねえか？」

忍ぶ仲でもある女将のお京に、そっと近寄り声をかける。六助には、お京を通して喜三郎とつなぎを取るようにしていた。

「いや、まだなようだねえ」

七ツどきより、三度目の来訪である。暮六ツの鐘が、遠く日本橋石町のほうから聞こえてきた。

「おかしいな。もうそろそろというより、遅すぎる」

三年堂に様子を見に行こうと思ったが、佐七の探りでも、半日以上も待たされたことがたびたびある。そんな簡単にはいかぬのだろうと、喜三郎は逸《はや》る気持ちを押し止め、鹿の屋で待つことにした。

そしてさらに四半刻が過ぎても六助の帰りはなかった。日はすでに暮れ、残照も西の地平線あたりに残るだけとなった。

暗くなれば逸る気持ちは、危惧《きぐ》へと変わる。

「若い佐七とは違うんだ」

口に出すと同時に、喜三郎はいてもたってもいられなくなり、愛刀である摂津《せっつ》の刀工忠綱《ただつな》が鍛えた名刀『一竿子』の鞘に手をかけたところで、声がかかることなく襖が開いた。

「おっ、来たか？」

お京の顔を見て取ると同時に、喜三郎は声を張り上げるように発した。

「いえ、六助さんではなく、佐七さんが見えられました」

「佐七がか？　分かった、通してくれ」

すでに佐七は階段を上り、部屋の前まで来ている。喜三郎の声を聞いて、佐七はお京の取次ぎを待つまでもなく、部屋へと入っていった。

佐七の顔色は青白い。相当に疲労困憊《こんぱい》しているのだろうと、喜三郎は気遣う面持ちとなった。

「かなり仕事がつれえようだが、だいじょうぶか？」

「ええ、一日中石運びでしたから」

「そんな柔《やわ》な体じゃ、もっこを担ぐのも容易《ようい》じゃねえだろうな」

力仕事など、とんと縁がなかった遊び人崩れの佐七である。つらいのも無理はないと喜三郎は思ったが、佐七は異なところをついてきた。

「いえ、それがかなり丈夫な人夫にしたって、大変なようで。倒れる者が多くて、その分こっちに皺寄せが来るってことでさあ」

「それじゃ、おめえはそれに耐えてるってことか？」

「へえ、左様で……」

根性がついたものだと、しみじみとした目を喜三郎は佐七に向けた。

「そんな体に鞭を打ってまでここまで来たからにゃ、何かつかんだのかい？」

「ええ、ここにくれば藤十さんと旦那がいると思いまして……」

「いや、藤十はどこへ行ったか今日は来《き》されねえと言ってたが、それでどうしたい？」

「旦那、土山家が庭の普請を急ぐのが分かりましたぜ。どうやら庭を更地《さらち》にしてでっかい蔵と富札の工房を建てるみたいでして」

「でっかい蔵と富札の工房……？」

寺社奉行のことより、今は六助のほうが先だ。

「それと、もう一つ……」

「分かった。そいつはあとで聞こう」

急ぐ喜三郎は、佐七の言葉を制してすっくと立ち上がった。

「何かあったのですかい?」

「六助さんがな、三年堂を探りに行ってまだ戻ってこねえんだ。いささか心配になってな、これから……」

「様子を見に行こうとしてたんですかい?」

「ああ、そういうことだ。そうだ佐七、旨いものでも食ってここで待っててくれねえか。下で、滋養のつくものを頼んでおいてやるから。ああ、すぐに戻って来られると思う」

「あっしも一緒に行きてえところですが、なんせこれじゃ足手まといになるばかりでして……」

「いや、ゆっくりとここでくつろいでいろな」

「そうだ、でしたらみはりを連れて行けば。今下におりやすから」

「そうか……」

昨夜六助から預かった手ぬぐいは、喜三郎の袂の中にある。

「――六助さんに何かあったら、みはりにこれを」

と藤十に言われ、受け取ってある。

みはりに六助の匂いを嗅《か》がせ、三年堂の周りを探らせれば、足取りぐらいはつかめるだろうと。

「こんなに早く役に立つとは思わなかったな」

万が一のための配慮であったが、早くもみはりの出番となった。

「すいやせん、引き止めちまって」

「いや、いいんだ。そしたら、行ってくら」

喜三郎の階段を踏む音を聞いて、佐七はごろりと横になった。喜三郎が階段を下り、一竿子を腰に差したのと、佐七が鼾《いびき》をかくのとがほぼ同時であった。

喜三郎のあとを、小犬のみはりがついて歩く。

小舟町から江戸橋で日本橋川を渡り、平松町まではおよそ七町ある。その間に、六助とのすれ違いはなかった。

「……やはり、何かあったたな」

速足で歩きながら喜三郎は独りごちた。

たいしてときもかからず、喜三郎とみはりが三年堂の母屋の前に立つ。

すでに夜の帳《とばり》は下りている。母屋の中からは、漏れる明かりはなかった。

後家となったお佐代と、住み込みの職人たち、そしてその世話をする下女たちが住むが、みな寝入りの淵にあるのだろうと喜三郎は思った。

母屋には、取りたててなんの変化もない。

「みはり、これを嗅ぎな」

袂から六助の匂いがついた手ぬぐいを取り出すと、みはりの鼻にあてた。

ここからは、喜三郎がみはりのあとをつける番となった。

手ぬぐいの匂いを嗅ぎ、みはりは母屋の玄関先から地面へと鼻先をあてた。二、三度あたりを廻ってから、首を左右に振りながらみはりは歩く。

「……母屋から工房に行こうてんだな」

みはりのあとを追い、喜三郎が呟く。

喜三郎が考えたとおり、みはりは工房から少し手前の木陰に来て止まった。

「……この中にいるってのかい？」

そこから工房を眺めて喜三郎は呟いた。

もしいるとすれば、尋常ではない状況である。監禁されているか、はたまた——。

「……この世にはいねえってことか？」

喜三郎は、頭を振るって邪念を取り払った。

すると、一度止まったみはりが動き出す。

「おっ、みはりが……」

考えに耽っていた喜三郎は、慌てて自らも動き出す。

やはり、地面についた匂いに鼻をあてながらの歩みであった。

「あれ、戻って行きやがら」

首を傾げて、喜三郎はあとをつける。今来た道を引き返す形である。

「どこに行くんだみはり、そっちじゃねえだろ」

青物稲荷の前まで来て、喜三郎は前を行くみはりに声を飛ばした。ここまでくれば、少々大きな声を発することができる。

みはりは、喜三郎の声にかまわず、そのまま歩く。

江戸橋の手前まで来たところであった。

左に行けば、川沿いに大店の蔵が立ち並ぶ道である。蔵に荷物を出入させる船着場には、多くの荷船が停泊しているのが、川面《かわも》にあたる月明かりの中で浮かんで見えた。

江戸橋の南詰めまで来て、みはりの足は止まった。

「おや……?」

喜三郎が、訝しがる間もなくみはりは川沿いの道を取った。

一番手前の桟橋には、舟はついていない。三年堂の主八衛門が倒れていた桟橋である。みはりは、その桟橋の突端まで行ってその先への歩みを止めた。

さらに進みたくても川の中である。

「なんてこった」

喜三郎は、みはりと共に桟橋の突端に立ち、黒く映る川面を見やった。

六助がどこかに連れて行かれたのは、これで一目瞭然《りょうぜん》となった。

「いってえどこへ……?」

考えるも、思いあたるふしなどどこにもない。悄然《しょうぜん》として立ちつくす喜三郎に向けて、みはりが「わん」と一吠えかけた。鳴き声に、もうこれでいいかとの思いが宿っている。

「そうだったな……」

呆然と川面を見ていた喜三郎の顔が下を向き、桟橋の上でくるくると回るみはりに向けて言った。早く帰ろうよとの催促《さいそく》に取れる、みはりの動きであった。

喜三郎にしても、いつまでもこの場でたたずんでいてもらちがあかない。

「よし、みはり。引き上げるとするか」

声をかけると同時に、みはりは歩きはじめた。

喜三郎の足どりはゆっくりであった。腕を組み、下を向いて考えながら歩く。

「いってえどこへ……？」

頭の中は、このことで一杯であった。桟橋で言った同じ言葉を、なん度呟いたことか。

六助の身が危険に晒《さら》されているのは間違いない。いや、それどころかすでに――。

思いたくはないが浮かんでしまう、喜三郎の妄想《もうそう》であった。

歩みの進まぬ喜三郎を、みはりはせっつく。十歩行っては戻りの繰り返しである。

常夜灯の、ぼんやりとした灯りに照らされたみはりの姿が、喜三郎の目に映った。

「そうだ……」

藤十は戻っているかなと、西堀留川の荒布《あらめ》橋を渡り小網《こあみちょう》町の辻まで来て、喜三郎の足は止まり、はたと考えた。

左に二町行けば鹿の屋があり、真っ直ぐ二町行けば藤十たちが住む住吉町の左兵衛長屋がある。どちらに行っても同じほどの距離である。

みはりが喜三郎の足元に絡みつく。鹿の屋に行こうと北に頭を向けた。

「そうか、佐七を待たせてるのだったな」

まずは、鹿の屋に行って疲れている佐七を送りながら、藤十の宿を訪ねようと喜三郎は段取りを立てた。

「よし、行くぞ」

喜三郎は、鹿の屋に向かおうと西堀留川の東側に歩みを取る。

三

みはりの言うことを、聞いたのがよかった。藤十のところに寄ったら、倍のときを要すところであった。

「来てますよ、藤十さんに美鈴様……」

お京に言われ、喜三郎は猛烈な速さで階段を駆け上った。

「おっ、戻ったようだな」

どたどたと階段を上る足音を聞いて、藤十は佐七に向けて言った。一度眠りに落ちた佐七であったが、猪《いのしし》の肉を煮込んだ料理の匂いで目が開いた。睡眠が空腹に負けたのである。

一人猪鍋《ししなべ》をつついているときに、藤十と美鈴が鹿の屋に寄った。

板倉勝清に会いに行ったが、この日だけは都合がつかないと、明日の来訪を約束しての戻りであった。

「いいかい、入《へえ》るぜ」

怒鳴《どな》りつけるような、喜三郎の声音であった。返事を待たずに、喜三郎はガラリと音を立てて襖を開けた。

かなり慌てた様子の喜三郎に、藤十の眉間に皺が寄った。

「まさか、六助さんが……」

佐七から、六助の様子を見に行ったことを聞いていた藤十と美鈴は、不安の面持《おももち》で喜三郎の戻りを待ち受けていた。

喜三郎は、見てきた様を端的に語った。

「なんだって、みはりがあの桟橋の突端まで行っただと？」

桟橋からどこかに連れ去られたことだけは、藤十にもすぐに理解ができる。藤十がふと隣に座る美鈴の横顔を見ると、口元がわなわなと震えている。胸騒ぎどころでない、深憂《しんゆう》が美鈴の胸中を締めつける。

「六助さんのことだ。心配はいらないよ」

藤十の慰めも、美鈴の心には通じていない。

「……とんだことに巻き込んでしまった」

呆然とする口から、呟きが漏れる。

「六助に申しわけない」

今度は、はっきりとした口調であった。美鈴の頭の中では、最悪のことが思い浮かんでいるのだろう。

「申しわけないって、まだ六助さんの身がどうなったかってのも分かってないのに」

藤十が、取り越し苦労だと美鈴に説いた。

「そんな慰めはいりません。……そうだ、こうしちゃいられない」

男装の美鈴は、脇に置いた刀の鞘をつかんで立ち上がろうと腰を浮かした。

「こうしちゃいられないって、美鈴はどこに行こうってのだ？」

「あたり前じゃないですか、いなくなったところ……」

とまで言って、美鈴は言葉が止まった。桟橋の上で、六助の足どりは消えた。冷静に考えれば、その先を追うのは無理なことは分かる。

「どうせ、舟でもって行ったのだ。その行き着く先がどこであるかを考えるのなら、ここでもできるぞ、美鈴」

藤十の説き伏せに、美鈴は浮かせた腰を元へと戻した。

しかし、そうは言っても心あたりは皆目《かいもく》見当がつかない。

六助の足取りが消えた桟橋で、八衛門が殺されていた。

ここにいる四人は、八衛門の死は殺しと見ている。その観点から、糸口を見出すことに全力を注ぐ。

「とんでもない符合だよな」

喜三郎が長い顎に、片手を添えて言った。

「符合なんかじゃねえぜ、いかりや。これは、同じ奴の仕業だぜ。八衛門さんを殺したのも、六助さんを連れ去ったのも……」

「嗚呼《ああ》……」

美鈴の、嘆く声であった。

「そういう意味じゃねえから、心配するなって。そんな嘆きの声を出すなんて、美鈴らしくないな」

美鈴の心痛はいたいほど分かったが、藤十は辛辣な言い方をした。ここは嘆くときではない。全身全霊を傾けるときだと言葉を添えた。

「左様でござりました。まこと申しわけない……」

男言葉を混ぜて、美鈴は馬の尻尾の形に結ってある頭を下げた。


いっとき六助の安否に気持ちを煩わせていたが、今ここでは動きようがないと、話を別なことに切り替えることにした。

藤十と喜三郎は、佐七の話を別々なときに聞いている。

「佐七がさっき言ってたことなんだが……」

「下屋敷の庭を更地にして、でっかい蔵と富札の工房を建てるってことですかい？」

「ああ、そうだ。そんな話だったな」

「今。それを俺たちは聞いてたところだ」

藤十と美鈴は、佐七から話を聞いている。

「富札の刷りってのは、寺の庫裏かなんかを借りてやるんじゃねえのか？」

「いや、それができない何かが……。それと、でかい蔵ってのがひっかかるよなあ」

藤十は、腕を組んで考えながら言った。

「相当な金が動くからな、この事業には……」

利権が絡むのだろうと、添えて言う。

「それで、急きょ庭を造り直して下屋敷に工房を建てることになったんだな」

喜三郎が、うなずきながら藤十の話に言葉を被せた。

「しかし、富札の工房ってのはあくまでも佐七の憶測だ。そうだろ？」

「へえ、ただ何か小屋を建てるということだけしか聞いてなかったもので」

猪鍋のおかげで幾分精気が出てきたのだろう、佐七の声には張りが戻ってきた。

「その小屋が何に使われるかは絶対の秘密だろうから、佐七どころか親方にだって知らされてねえと思う。ああ、小屋の普請をする大工にもだ。だが、富札を刷る工房だってのには思いがおよぶところだな。蔵は、刷った富札を収めておくのと、数千万両の小判を寝かしておくのに建てられるのだろう」

一連の成り行きを知る者にとっては、容易に想像できるところだ。喜三郎も、佐七の考えに賛同を示した。

「ならばちょっと待てよ」

喜三郎は右手を上げて、自らの意見に歯止めを入れる。顎に手をあて、疑問の糸を辿《たど》った。

「おい、佐七。すると上屋敷のほうはなんの工事なんだ？」

こちらにも、そんな小屋を建てるのかと言葉を添えて訊く。

「いえ、どうやら上屋敷には小屋は建てねえようで。下屋敷にある庭石や植木を上屋敷に移し、庭を造り替えるらしいんで。下屋敷の更地普請に十日、上屋敷の造園に二十日あてられますんで。下屋敷の十日を急げと親方は命じられてるみてえです。庭石の、重いの重くねえの」

佐七の愚痴が終いに出て、言葉が止まった。

「……そうか、下屋敷か」

しばらく顔を上に向けて考えていた藤十は、何かに思い至るとその顔を佐七に向けた。

「下屋敷ってのは、どこにあるって言ってたっけ？」

「へい、大川を渡って仙台堀の北側にありまさ」

永代橋《えいたいばし》を渡り、深川佐賀町の町並みに沿って北に四町ほど行ったところに、仙台堀の大川の吐き出しがある。川幅およそ十五間に架かる橋が上ノ橋である。

「あのへんは、お大名の下屋敷が多いところでありやして、上ノ橋から仙台堀に沿い二町ほど行くと、小さなとは言っても四間ほどの幅はありやすが、堀が北に向かって延びてやす。そのつきあたりが水島藩の下屋敷でありやす」

長い話ができるほど、佐七の体力は回復していた。水島藩の下屋敷までの道筋を、はっきりとした口調で語った。

「元気が戻ったようね、佐七さん」

「へい、おかげさまで。猪鍋のおかげでさあ」

ほとんど鍋の中身を一人で食い尽くした佐七は、もう一つ言いたかったことをここで思い出した。六助の失踪《しっそう》と比べたらたいしたことはないと、頭の隅に追いやられていたのである。

「そうだ、もう一つ言っておくことがありやした。あまりにも些細《ささい》なことで……」

忘れていたと、前置きを言う。

「そういえば、俺の出がけに言ってたな。そのことかい？」

「ええ。八ツ半ごろでしたかねえ、もっこを担ぎ石を運んでおりやしたら裏門から四人ほど入ってきやして。それがみな侍でしたら気にも留めなかったんですが、四人のうち二人は町人風の男だったんですよ。一人は五十歳前後の恰幅《かっぷく》のいい男で、もう一人は二十を少し過ぎたばかりの町人風……すいやせん、たいした話じゃなくて」

「恰幅のいい男と若い町人風……？」

喜三郎が、長い顎の先端を触りながら考えている。

「若い男は、職人の形《なり》をしてなかったか？」

藤十が関心を示すように、身を乗り出した。

「いや、千本縞の着流しでして……遊び人風の男にもとれました」

「恰幅のいい男ってのは？」

「ええ、どこか大店の主のようで、光沢《こうたく》のある羽織を着込んでやした」

恰幅のいい男はともかく、若い町人風というのが藤十は気にかかった。

「もしかしたら、若いほうは三年堂の職人じゃねえのか。印半纏を脱げば、ただの町人に見えるし……」

それ以外、藤十には思いあたるふしがなかった。

「……もしや」

藤十の勘はある方向に向けられた。

「なんだいもしやってのは？」

喜三郎が藤十の呟く声をとらえて訊いた。

「分からねえかい？　ああ、問答している閑もねえ、水路だよ水路」

首を捻る喜三郎にいらついてか、藤十がすぐに答えを出した。

「江戸橋の桟橋から、日本橋川を下り……」

頭に思い浮かべながら、喜三郎が水路を辿る。

「箱崎《はこざき》橋から北に向かう堀に入り、浜町堀の大川への吐き出し川口橋あたりに出るな」

御三卿田安《たやす》家下屋敷を見ながら、六十間の川幅がある大川を横切ればそこが仙台堀の吐き出し口にあたる。

南町定町廻り同心である碇谷喜三郎は、江戸の地形に詳しい。すらすらと、桟橋から仙台堀までの水路を口から出せた。

「どうだい、猪牙舟を漕げばなんの雑作もなく行ったり来たりできるのではないか？」

藤十が、胸を張って言った。

「すると藤十は、六助さんは水島藩の下屋敷に連れて行かれたって言いてえのか？」

「そうかもしれないってことだ」

「だがよ……」

喜三郎に疑問がありそうだ。

「よしんばその町人が三年堂の職人としてだ、追っていったのが見つかり連れて行かれたとしても、六助さんを佐七は見てないんだろ。どう考えても、恰幅のいい大店の旦那には見えないしな」

喜三郎は藤十の読みに小さく首を振った。

「だから、それをこれから探ろうてのだ。水路という、とりあえずの糸口がつかめたんだ。それを手繰っていけばなんとか……」

しかし、なんとかなるだろうとの言葉を藤十は途中で止めた。

喜三郎の顔色は冴えないままである。その憂いを藤十は分かっていた。

「寺社奉行所に触りたくない気持ちはよく分かるぜ」

一介の定町廻り同心では、寺社奉行所相手に十手を振り回すことはできない。そんな喜三郎の心根をつかみ、藤十はうなずきながら言った。

「そこでだ佐七……」

藤十は、喜三郎から佐七へと目を移す。

「へい、探ってくれって言いてんでやしょ」

二人の話を聞いていて、佐七はすでに心得ている。

「つらい仕事だってのに、すまねえな」

「いえ、こんなとき役に立てねえで、どこで立つんです。そりゃあ、どこまでできるか分かりやせんが、やるだけのことはやりやさあ」

「すまねえな。だが、くれぐれも無理をするんじゃねえぞ。駄目なら駄目で、いいんだからな」

「分かってまさあ」

腕をまくって見せたものの、佐七には自信が半分も満ちてはいなかった。

憂いといえば、あの重労働の最中でどこまでできるかということだ。それでも、男としてやらねばならぬことだと、佐七は自分自身に戒めるのであった。

四

翌朝の四ツ——。

佐七は水島藩の下屋敷に入り、重労働に精を出していた。しかし、いくら重労働だといっても、卑賤人夫《ひせんにんぷ》が罪の咎《とが》で無理矢理働かされる強制労働ではない。

それなりの食事も与えられるし、休息もある。

四ツを報せる鐘が鳴り、四半刻の休息が与えられた。急ぎの仕事とはいえ、あまりにも過酷な労働に、植松の親方はなるべく多くの休息のときを与えることにしていた。だが、働く身にとってはもの足りない。それでも倒れるものが多くあった。

もう少し休息が欲しいところだと、佐七は思っていた。水を飲み、日陰でねっころがるのが疲れを癒《いや》すのに一番よい。だが、佐七のこの日は別の使命があった。

建坪が三百坪もある平屋である。屋敷の中に入れないのが、探りとしてはやりづらいところだ。幅が十間、奥行き十五間ある屋敷に部屋数が幾つあるか分らない。もし、その中のどこかに六助が捕らえられていたとしても、限られたときの間に、見つけ出すのは至難の業《わざ》だ。

与えられた休息は、朝四ツと正午からの昼休み半刻。そして、八ツ半に四半刻あった。それをすべて屋敷の探索にあてることはできない。

佐七はうまい方法がないかと、前の晩から知恵を絞っていた。

「ちょいと厠《かわや》を借りてきます」

と言って、佐七は屋敷の外に出ることにした。

この日は朝からみはりをつれてきている。ついて来いと佐七が命ずれば、どこまでもくっついてくる小犬であった。

佐七はみはりを外に待たせておいた。

人に見つからぬよう、佐七は裏の塀のくぐり戸から外に出ると、みはりを呼んだ。塀の際でもって、牝《めす》の野良犬にちょっかいでも出していたのだろう。待たされているときは、それなりの遊びでもって閑を潰している。

みはりは佐七に気づくと、牝犬を反故にして近づいてきた。

「この匂いを嗅げ」

言って佐七は、六助の体臭がついた手ぬぐいをみはりの鼻にあてた。

しかし、みはりは首を振るだけで土の匂いを嗅ごうともしない。

「おかしいな？　きのうこのくぐり戸から四人が入ってきたのに」

六助が連れ込まれたら、みはりになんらかの反応があるのだが、そのような動きはまったくない。早く、待たせている牝犬と遊びたいとそっちのほうに気が向くようだ。

ここに六助はいないと、佐七は踏んだところであった。

一度は牝犬のところに向かったみはりであったが、引き返してくる。

「おっ、どうしたみはり？」

犬に呼びかけても返事はない。言葉を返す代わりに、みはりは地面に鼻をつけた。どうやら六助とは違う匂いを嗅ぎつけたようだ。くぐり戸のあたりで、みはりは地面に鼻がくっつくほど嗅いでいる。

「さては……？」

佐七はゆっくりとくぐり戸を開けると、中の様子をうかがった。周りに人影はなかった。庭の作業は、きのうのところからさらに奥のほうに移っている。

先にみはりを入れて、佐七はあとから中に入る。きのう、四人が歩いていたところを、みはりは辿っている。

休息が終わるまでには、あと半分しかときがない。

どうやら裏の玄関口から上がったらしい。みはりはそこまで来ると三遍ほど回り足を止めた。

みはりはおそらく職人の匂いを嗅ぎつけたのであろう。

「……これで、町人風の若い男は三年堂から来たことは間違いないな」

きのうの、鹿の屋で聞いたことと照らし合わせて、佐七は呟いた。しかし、六助はここにはいない。

このことを、いち早く藤十たちに報せたい。佐七の思考はそこに切り替わった。そうとなれば、庭の普請などどうでもいい。佐七の、本来の仕事はこっちである。

――屋敷からどうやって抜け出すか？

佐七の思考は、この一点に絞られた。そうこうしている間に、休息の終わりが迫ってきている。

「おうい、はじめるぜい」

現場親方の号令で、職人たちは一斉に立ち上がる。

「もたもたするんじゃねえ」

叱咤《しった》も聞こえてくる。佐七はその声をみはりと共に縁の下から聞いた。

「あれ、佐七はどしたい？」

現場親方が職人たちに訊く声が聞こえてくる。ちょっと待ってろとみはりに言って、佐七はふらつきながら職場へと戻った。

「すいやせん……」

「どこに行ってたい？」

「まいりやした。ずっと厠へ……」

腹の具合が悪くてたまらないと、佐七は訴える。

「なんだ、しょうがねえな。だったらよくなるまでどこかで休んでろい」

具合の悪い者に、無理に働かせるほど因業《いんごう》ではない。だが、それでも帰っていいという許しはない。

「職人たちに見られねえとこでだぞ」

分かりやしたと、腹に手をやりながら佐七はみはりのいる縁の下へと戻った。

「すぐには出られねえでまいったな」

みはりの頭をなでながら、佐七は外に出る手立てを考える。すると、頭の上で廊下伝いに三、四人ほどの足音が聞こえてくる。

「三年堂のほうは……」

話し声の中に三年堂と聞こえ、佐七の喉がごくりと鳴った。足音を辿って、佐七も縁の下を動く。幸いにも、男たちが入った部屋は奥のほうではない。佐七は話し声のする部屋の、真下に入ることができた。

「それにしても山咲堂《やまざきどう》、うまく三年堂の職人をまるめ込んだな」

上から聞こえてくる声を聞いて、佐七はこのときほど現場親方がありがたいと思ったことはなかった。そして、さらに聞き耳を立てる。

「はい、大検使役……」

「役名は申すなと言っておるではないか」

「申しわけございません、時任様」

「後輩に先を越され、はたまたこれからのつらい仕事に嫌気がさしてる職人は一人ぐらいはいます。そういう者に鼻薬を嗅がせさえすれば……」

「主を殺してか……」

「富田様、どこに耳があるやもしれません。めったなことは……」

「いや、すまぬ」

「これでお奉行肝煎《きもい》りの三年堂は立ち消えとなりますな」

「ああ、あんなところに任せたら、わしらの首は幾つあっても足らん。あんな人数では、とてもでないが間に合わんだろう。それに八衛門の奴、不正などはできんと言いやがった。ここでどうしても二万両……」

「分かっておりますって、時任様。そのぐらいの捻出《ねんしゅつ》はいくらでも。わたしらにお任せくださいまし。ええ、三年堂の八色刷りの技術も加介から会得《えとく》いたします」

「あと一月もしたら、ここに仕事場と蔵ができる。納期は狭《せば》まるが、抜かりはないな」

「はい、いざとなりましたら明光堂さんにも手伝っていただきます」

「明光堂とは大手のもう一軒のか？　商売敵でもあるが……」

「いや、一人儲けなど、とてもとても……」

「ふん、人のいいことを言いやがる」

三人の笑い声となったところで、これ以上聞いてもとても覚えられないと佐七はその場から離れた。おおよそのことが分かればいい。

そして、話の中に出てきた四人の名を頭の中に叩き込んだ。

──どうやって外に出るか？

佐七の頭の中はこのことで一杯になった。

「ところで……」

「そこはなんとかいたします」

佐七の耳は、そこまでは聞き取っていない。


佐七が本当に腹痛を起こし、ほうほうの体で住吉町の左兵衛長屋に戻ったのはそれから半刻後であった。

うまい具合に藤十はいてくれた。

「現場を抜け出すために、庭に生えていた毒草を食ったというのか。そいつはご苦労だったな」

「いや、まいりやした。毒消しを飲んだおかげで、幾分楽になりやしたがどうもまだ……」

下痢《げり》がつづくと言おうとしたところで、またもよおしてきた。

「ちょっと、ごめんなすって」

言って佐七は出ていく。

「佐七さん、どうかしたの？　顔が真っ青……」

「いや、なんでもねえ。ちょっと急ぐんでな」

「そっちは厠よ」

そんな話し声が、藤十の耳に入った。しかし、藤十の頭の中は佐七がもたらす話のことで一杯であった。

「何を仕入れてきたってのだ？　早くしねえかな……」

やがて、ほっとした様子で佐七は戻ってきた。そして、腹を押さえながら、下屋敷で聞いてきたことを藤十に伝えた。

「すごい話を仕入れてきたな。さすが、佐七だ」

藤十の驚く顔が佐七に向いた。

これだけのことの中に、事件のすべてが集約されている。

「……大手の一軒が絡んでいたのか」

仕事は請けたくないと、口を合わせていた大手の内の一軒だけが、抜け駆けを考えていた。

「危うく騙《だま》されるところだったな」

あとはどう処理をするかと、藤十はぐっと唇を嚙みしめた。

五

その日の夕刻、藤十と美鈴は一橋御門近くにある、板倉家の上屋敷の手前で落ち合い、門前の前に立っていた。

夕七ツに双方の父親である、板倉勝清との目通りであった。

いつものように、御座の間に通された藤十と美鈴は、勝清のお出ましを待っていた。美鈴はいつもの男装の形《なり》だが、藤十の姿は、板倉家に通うときはいつもの櫨染色の袷とは違っていた。

「——そんなうす汚れた格好で、殿様のところに行くのではないよ」

母親お志摩の戒めで、着替えてから行くことにしている。

板倉巴の家紋が入った小袖と羽織、そして同色の袴を穿《は》いて手にもつものは、足力杖ではなく大刀一棹であった。

髪型も、無雑作なぼさぼさ髪ではなく、母親のお志摩の手により、きちんとした髷に整えてもらう。

部屋に通されてから、かれこれ四半刻が経つ。いつもなら、さほど間を置かずに顔を出すのだが。

これは藤十にとって、かえって都合がよかった。その間に、佐七から聞いたことを美鈴に話すことができたからである。

「なんですって？」

「しーっ、美鈴。声がでかいよ」

ここは長屋と違うんだと、藤十は美鈴を諭《さと》す。

「申しわけございません……」

喜三郎には、すでに話してある。六助の探索は喜三郎に任してあるとも言った。

「左様ですか、六助はいったいどこに……」

案ずる思いが美鈴の心を蝕《むしば》んだところで襖が音を立てずに開いた。

「下がっておれ」

近臣を人払いし、勝清だけが部屋の中へと入ってきた。

七十歳に近い齢だが、幕閣としての威厳は衰えてはいない。むしろ益々精気が漲《みなぎ》っているようにも端からは感じられる。しかし、顔面にできた深い皺と、白く薄くなった頭髪に老中としての気苦労が見て取れた。

「待たせてすまなかったな。それと、昨日はせっかく来たのに……」

勝清の声音から、藤十と美鈴に会うのがこよなく楽しみだとの思いが伝わってくる。

「とんでもございません、ご多忙のところ」

畳に伏して、藤十は殊勝《しゅしょう》なもの言いであった。

「これ藤十郎……」

勝清は、藤十を本名の『藤十郎』と呼ぶ。こう呼ばれるのは、勝清からだけであった。

「わしの前では、そんな堅苦しいもの言いはせんでよいぞ。おぬしたちといるときは、わしもくつろぎたいからのう」

「それでしたら、のちほど肩などお揉みいたしましょうか？」

「いや、ここではよい。お志摩のところに寄ったら、充分所望《しょもう》いたそうぞ。ところでだ……」

勝清が本題に話を向けた。

「先だって美鈴からある程度話を聞いた。それで、それからというもの、どれほどのことが分かった？」

勝清には美鈴から、寺社奉行から富札受注を受けた三年堂の主八衛門が不慮の死を遂《と》げたことが告げられている。そのとき勝清は『――とうとう犠牲者が出たか』という言葉を、美鈴に聞かせている。壱等一万両の富籤が、世間に与える影響の大きさを憂うる勝清の思いと、藤十と美鈴はとった。

「その前にお訊きしますが、親父様はこの富籤の政策には反対なのでしょうか？」

「いや、反対とは申しておらん。たとえ無理が重なろうが、幕府が決めたことに盾突くことはできぬ。それは謀反《むほん》であるからな。上様が同意して決まったことは、もう何人なりと覆すことはできぬのだ。だが、それから生まれる不正に関しては、これは話が別だ。わしが憂うのは、この富籤には多大の利権が絡む。また、市中の民も一万両という多額の賞金に目が眩《くら》み、普段の生活をおざなりにするのが、いささか心配の種であるのはたしかだ」

勝清は、富籤による影響のほうを憂えていた。これは、藤十たちの気持ちと変わりがない。

「それで、とうとう犠牲者が出たと美鈴から聞いたが、その後いかがなった？」

「大変なことが、次々と起こっております」

「次々とか？」

「そこで一番不可解なことは、寺社奉行とのかかわりであります」

「何、備前守がか？」

「備前守と申すのですか？」

「殿中では、わしらは官職で呼ぶのが慣《なら》わしだ。そんなことはどうでもよい、その備前守がいかがした？」

「いえ、お奉行様は直接かかわりなきものと……」

藤十は、土山家の屋敷の庭の普請に触れ、佐七がこの日聞いてきたことと、六助の行方不明を勝清に語った。

「藤十どのの話に出てきました六助と申すは、わたくしのつき人でもございます」

美鈴が眉間に皺を寄せ、心配げな顔を勝清に向けた。美鈴にとっては、六助の心配が一番である。何をさておき、勝清に訴えた。

「なんと、美鈴のつき人とか？　それはいささか気煩《きわずら》いであろうのう」

「はい、今もって心配で頭の中を離れません」

「まったくもって心配であるの。ところで、そんなよからぬことを考えていたのか、備前守の家臣たちは。不届きであるのう」

勝清は、白くなった頭を幾分捻り考える素振りを見せた。

「六助という者のことといい、これは急がねばならぬな。それで藤十はどうしたいと申す？」

「その前に、お訊きしたいことが……」

「うむ、なんなりと申せ」

「親父様は、土山家の下屋敷の庭を改良して、富札の工房を建てるのをごぞんじでしたか？」

「それについては、備前守から届けが出ている。このたびの富籤は、寺社奉行である備前守にすべての運営を任せてあるからの」

「ほかの、寺社奉行様は？」

定員が四人である寺社奉行は、ほかにまだ三人が携《たずさ》わっている。

「全国の神社仏閣を総轄するので、それだけで多忙だ。そこにきて、備前守が富籤にかかりきりになるので、その分も負わなくてはならん。月番制であるので、皺寄せがそれぞれにかかってくるということだ」

「それでは、富籤の差配は土山様だけが……」

「そうだ。一千万両の売り上げを見込み、七百万両の利益を生み出そうという壮大な事業であるが、備前守が手を上げ差配を買って出た。これが成就《じょうじゅ》したあかつきには、若年寄から老中が約束されるからな。まあ、そんなつもりで挑むのではないだろうが、かなり大ごとなのは端で見ていても分かる」

大ごとと聞いた藤十は、ふと三者のことが脳裏を横切った。

三年堂の富札の請負いと植松の庭普請、そして土山家の富籤運営が藤十の頭の中で重なった。

「うーむ……」

ここで勝清は、ひと唸りして考えに耽った。それを邪魔しないよう、藤十と美鈴は一間離れたところで黙って見やる。

しばらく熟考した勝清は、閉じた目を開くと藤十に向けた。

「そうだ、藤十……」

「藤十は、このたびの一連の事件には備前守はかかわりなきと申したな？」

「はい、申しました」

「さもあろう。なぜかと申せば、これから事業をはじめようとしたところで、いらぬ騒ぎは起こしたくないであろうからな。だが、寺社奉行の備前守そのものは絡んでおらぬが、その家臣が不正を行っていたとなれば聞き捨てもならぬ」

老中板倉勝清の、苦慮する顔であった。

「そこで、藤十と美鈴に頼みたいのだが……」

勝清の皺顔が、藤十と美鈴に交互に向いた。

「わしは、備前守を買っている。この国を背負っていける器量を備えていると見ておるからな。だが、家臣がここで不正を働いたとしたら、その咎は藩主、いや寺社奉行として被ってこよう。そうなれば、藩ごと取り潰しになるやもしれん。それを、たかだか大検使役と小検使役に抜擢《ばってき》された家臣などの不正でもってさせてはならん。そこで頼みなのだが、この二人……いや、まだいるかもしれんが、どうにかおぬしたちの手で成敗してくれぬか。ああ、備前守にはそれとなく言っておくので、心おきなくやってもよいぞ。ただし、外には絶対に漏らすなよ」

「はい、心得ております」

藤十と美鈴のそろった声を、勝清は目を細くして聞いた。

「それでだ……」

勝清は、幾分前かがみになると二人に向かい小声で何かを授けた。

「かしこまりました」

ここでも兄妹の声がそろった。

勝清の願いを聞いた藤十と美鈴の帰り道は、少し興奮気味となった。

「親父様があれほどのことを言ったのだから、こんな心強いことはないな」

「ええ、兄上……」

二人だけになると、美鈴は藤十を兄上と呼ぶ。

「なんせ、おぬしたちの手で成敗してくれぬかとおっしゃるのですからね」

「ああ、そこまで言ったことは、今までなかった。よほど、寺社奉行様のことを気に病んだのだろうな。それにしても、まったく不届きな家臣たちだ」

「まったく……」

「さて、どうやってやっつけてやるか？」

藤十が歩きながら美鈴に問うた。

「やはり、下屋敷でしかないでしょう」

「そうだな……」

外部に漏らさないで成敗するには、下屋敷の中はうってつけだ。しかし、庭には多くの職人が入っている。その目の届かないところでやるには、ひと知恵必要であった。

「そこも考えんといかんしな」

「それは、みなと相談してから……」

二人で決めることではないと、美鈴は添えた。

「うん……」

歩きながら藤十はうなずく。そして、二人の足はさらに速くなった。

藤十と美鈴が板倉勝清と会っていたころ、喜三郎に異変があった。

日も西に傾く七ツ半、数寄屋橋《すきやばし》御門近くにある南町奉行所に戻るとすぐに与力の梶《かじ》山《やま》から呼び出しがあった。

定町廻り同心である碇谷喜三郎は、二日に一度は報告と調べ書き作成のため奉行所に戻ることにしている。

筆頭同心の早川《はやかわ》が、喜三郎が戻る早々口から突き出た歯をさらに前にせり出して言った。

「梶山様が碇谷さんを待っておりましたよ。すぐに行ってあげてください」

「分かりました」

与力の梶山から呼ばれることなどめったにない。ことがあったら相談しようともちかけるのは、たいてい自分のほうからだ。喜三郎は、なんの用事かと首を捻りながら梶山のいる御用部屋へと向かった。

「碇谷でございます」

喜三郎は閉まった障子の向こうから中に声をかけた。

「おお、碇谷か。忙しいところすまなかったな。待っていたぞ、いいから中に入れ」

中から聞き覚えのある声が返ってきた。

ごめんつかまつりますと、喜三郎がゆっくりと障子戸を開けると、上座に梶山が座っている。いつものような面談の形であった。

「どうだ、捜査ははかどっておるか?」

「いえ、皆目……」

三年堂の八衛門殺しと六助失踪の件は、喜三郎が裏でもって携わっているのは与力の梶山も知っている。

「実はな碇谷。おぬしはこの件から降りて、というより明日からは別の部署に移ってもらうことになった」

「えっ?」

いきなり言われ、喜三郎の驚く顔があった。

「しかし、それでは……」

「まあ、落ち着け……」

梶山は、喜三郎が身を乗り出すのを両手を出して制した。

「身共はおぬしがもつ捜査の腕を買って、ある程度自由奔放《ほんぽう》に動いてもらっていたが、残念ながらそれも叶わなくなった。それで、明日からは伝馬町の囚獄に入り、牢屋奉行の石出《いしで》帯刀《たてわき》のもとで働いてもらいたい」

「ということは……」

「牢屋同心で存分に腕を振るってくれ」

「……牢屋同心」

呟くと、喜三郎の張った肩ががくりと音を立てて下に落ちた。

「同じ三十俵二人扶持なら、あくせくする定町廻りよりよっぽど楽でいいぞ。石出帯刀もおぬしのことをのぞんでいるからな」

梶山の言葉は、喜三郎にとってなんの慰めにもならない。

かしこまりましたという返事は、到底口には出せない。だが、嫌ですと抗うことも叶わず、喜三郎はただ首を横に振るだけであった。

「もう、さがってよいぞ」

言うだけのことを言って、梶山は喜三郎を下がらせようとしたが動かない。

「どうしたのだ？」

「いや、腰が抜けて立てませんで」

喜三郎の、精一杯の反抗であった。

「まあいい、好きなようにしろ。ただし、明日からは頼んだぞ」

梶山も喜三郎の気持ちは痛いほど分かっている。だが、自分ではどうにもならないもどかしさがあり、喜三郎を咎めることはなかった。

しばらくして喜三郎は立ち上がると、よろける足を同心部屋に向けた。

「お世話になりました……」

真っ青な顔をして、喜三郎は筆頭同心の早川と同僚の同心たちに頭を下げた。

「どうしたんです、碇谷さん？」

喜三郎は、梶山から告げられたことを言った。

同僚たちの驚く顔を尻目に、喜三郎は腰に一竿子を差すと一言の挨拶をした。

「それでは、みなさんお達者《たっしゃ》で」

永の別れを告げるような言葉であった。

奉行所を出た喜三郎は、意気消沈した足を八丁堀の役宅へと向ける。数寄屋橋御門で外濠を渡り、銀座四丁目の大通りの辻まできたときであった。

「あっ、そうか。自由に動けるのは今日だけだった。こんなことはしてられない」

喜三郎は独りごちると、にわかに速足となって大通りを北へと向かった。

――藤十に会わなければ。

喜三郎の思いはこの一点にあった。

六

住吉町の左兵衛長屋に来たが、生憎《あいにく》と藤十は戻っていない。だが、佐七の宿にぼんやりと明りが灯っている。

暮六ツ少し前であった。

「おや、佐七が帰ってるには少し早いな。あっ、そうか腹痛か……」

佐七の腹痛は、昼間藤十から経緯を聞いている。

「……身を挺《てい》してってやつだな」

それを聞いたとき喜三郎は、佐七の献身に感涙をもよおすところであった。

「それにつけても、町奉行所ってのはだらしねえ。佐七の爪の垢《あか》でも煎《せん》じて飲めってんだ」

喜三郎の囚獄行きは、おそらく一連のことからして寺社奉行所からの圧力に間違いないと見ている。しかし、命令には逆らえないと、喜三郎は断腸の思いで屈した。

「身を斬られるよりもつらいな……」

言って喜三郎は、佐七の部屋で藤十の帰りを待つことにした。

「ごめんよ……」

「旦那ですかい?」

建てつけの悪い障子を開けると、四畳半の何もない部屋で佐七が寝ているのが見えた。三和土では、みはりが気持ちよさそうに寝そべっている。

「すいやせん、こんな恰好で」

「まあいいから、そのままにしてろい。それにしても、この度《たび》は大変だったな」

「ええ、いっときは死ぬんじゃないかと。ですが、ようやく落ち着きやした。明日もこのまんま寝てられればと……」

「ああ、ゆっくり養生すりゃあいいやな。これで終いだからな」

喜三郎のもの言いに、寝ながら佐七は首を傾げた。

「どうかなさりやしたかい? 旦那」

どうも来たときから喜三郎の様子がおかしい。いつもの覇気が感じられない。

「ああ、あったというもんじゃねえ。それでもって藤十のところに来たんだが、どこに行ったやらまだ帰ってていやしねえ。ああ、藤十が戻ったら話す。こんなこと、二度も話す気はしねえからな」

左様ですかいと佐七は返事をして、目を瞑った。喜三郎に何があったか、なんとなく分かる気がする佐七であった。

藤十も忙しい。板倉の屋敷を出てからというもの、柳橋に近いお志摩のところに寄り、いつもの衣装に着替え、頭をぼさぼさにし、そして刀を足力杖にもち替え、ようやく住吉町の宿に向かうことができる。

勝清の話をまとめようと、美鈴も一緒についてきた。

「いかりやの旦那が来たかい？」

藤十は左兵衛長屋に戻ると、お律のところに立ち寄り真っ先に訊いた。

「旦那でしたら今、佐七さんのところにいるみたいよ」

「あっ、そうか。佐七は戻って寝てるんだったな」

藤十は自分の宿ではなく、佐七のところへと向かった。

ごめんよと一言断り、藤十は障子戸を開けた。

「遅かったな……」

同時に喜三郎から声がかかる。

「ああ、ちょうどいいところにいてくれた。いかりやに話したいことがあったんだ」

「俺も藤十たちに話があって待っていた」

喜三郎の顔色が穏やかでない。佐七を見ると、寝床で首を振っている。何かあったみたいだとの表情であった。

喜三郎の話を先に聞こうと、藤十と美鈴は佐七が寝ている蒲団の脇に座った。

「こんな汚いところでいいんですかい？」

「ああ、話なんてどこでもいい。寝ているところ悪いが邪魔をする」

できれば佐七も含めて話をしたい。しかし、起こして別のところまではと、藤十は気遣って言った。

「それじゃ、俺から言おう」

南町奉行所に戻り、与力の梶山から告げられたことを喜三郎はそのまま語った。

「なんだと！」

「なんですって？」

藤十と美鈴の口から驚嘆の声が出る。佐七は想像のおよんでいたところだと、黙って驚く顔を向けている。

「そんなんで、俺はこの件から手を引かざるを得なくなった。それだけの圧力が町奉行所にかかってきた。そんなんで、これ以上藤十たちも深入りしないほうが……」

「六助はどうなるのです？」

美鈴の絶叫とも思える声が、狭い部屋の中で木霊《こだま》した。

「そんなに大きな声を立てるな」

「すみません、つい……」

藤十にたしなめられ、美鈴は小さく頭を下げた。

「気の毒だが……」

その先はとても言葉に出せないと、喜三郎は首を横に振って意思を示した。

「いかりやの話は分かった」

「えっ？」

もっと怒るかと思っていた喜三郎には、藤十のもの分かりのよさに、不思議な思いとなった。

「だったら、今度は俺が話す番だ」

藤十がおもむろに口を出す。

「佐七が聞いてきた話を、先ほどあるお方に告げてきた」

喜三郎の眉根が寄って、もぞと口が動こうとしたところを制するように藤十は言葉をつづけた。

「あるお方って、誰だと言いたいのだろ？」

喜三郎は、藤十がもたらすあるお方の話というのが、以前から気にかかっている。そのたびに問いを発するので、藤十は訊かれる前に答えることにした。

「ああ……」

「いつも言ってるように、大身のお旗本だ。幕閣と縁のあるお方なのでこの件を相談した。すると、そのお方から直《じか》に許しを得たのではないが、その幕閣に……ただそれだけだと信じられんだろうから、名前を明かさず老中格とだけ言っておく。そのお方を説得してくれると言ってくれた」

「どんな説得だい」

藤十は、喜三郎の立場を思いやって、はっきりと言うことにした。

「寺社奉行配下の、大検使役である時任と小検使役である富田を成敗してもよいかと……」

「すげえことを頼んだな」

これには喜三郎同様、佐七も驚いている。

「すると、そのお大身は言ってくれた。必ず説得するからと。しかも『何かあったら、身共が責を負う』ともな。男気のあるお人だぜ、まったく」

このぐらいのことを言わなければ、喜三郎は承知しないだろう。

勝清のことは出せぬ藤十の言い放ちに、美鈴は感心した目を向けている。

「誰だろうなあ、佐七。そんなことを老中に頼める人なんて……」

「さあ……」

俺に聞いても分かるわけないと、佐七は首を振った。

「誰だっていいだろう。いつも協力してもらっていることは、喜三郎だって知ってるだろ。それでいいじゃないか」

「分かったよ、詮索しないことにするわ」

藤十の剣幕に押され、喜三郎の口は止まった。

「それで、この先のことだが……」

藤十も、別のことに話を逸らす。

「とりあえず、いかりやは明日から伝馬町の囚獄勤めってことになるが……」

「ああ、行きたくはないが、仕方がねえ」

「それで、どうやったら渡りがつけられる?」

「どういうことだい?」

藤十の言っている意味が分からず、喜三郎が訊き返す。

「いかりやを牢屋から出してやろうって言ってんだ」

「何いってるんだ、藤十は。奉行所が決めたことをおめえがどうして覆せるんだ?」

「寺社奉行所の役人たちが仕組んだ不正を暴き、八衛門さんを殺した下手人を成敗し、六助さんを探すのにいかりやがいないでどうする? さっきも言ったろ、あるお方が責を負うって。となれば、その人を動かす以外ないだろう。忙しいお方なので会うのが難しいが、その人に頼めば牢屋から出してくれるのは間違いない。それまで、囚人相手に威張ってればいいやな」

藤十のもの言いは、少なからず喜三郎に元気を与えた。

「本当かい?」

「嘘を言ってどうする。それで、それまでの間も必要とあればいかりやとつなぎが取りたいが。そう、下屋敷に悪党どもが集まったとき、成敗の鉄槌《てっつい》を食らわせてやるんだ。そのときを探るために、これから俺たちは動く」

「でしたら……」

藤十の話を聞いていた佐七が、床の上から口を出した。

「みはりを使ったらどうですかね。少しぐらいなら、牢屋の外に出られるんでしょ？」

「まあ咎人じゃねえからな。何もなければ、少しばかりだったら外に出ることもできる」

「旦那に用事があるときは、みはりを囚獄の中に放つ。みはりがうろちょろしてたら、誰かが来たと思って、外に出たらいかがです。多少の用件ぐらいは伝えることができるでやしょう」

「ああ、それはいい考えだ」

これには藤十が諸手を上げて賛同した。

「そうだな、かえって奉行所の内勤よりも都合がいいかもしれねえな」

喜三郎も、得心をしたようだ。

「数寄屋橋御門までいちいち行くより、よっぽど伝馬町のが近くていい」

「うちの紺屋町からも近いです」

美鈴が口を出して、澱《よど》んでいた佐七の部屋の空気がぐっと新鮮なものになった。

「それで、六助さんのことはどうなった」

藤十がさらに話を切り替える。六助の話となって、いっとき明るくなった場の雰囲気は、またも重たいものとなった。

「六助はいったい？」

美鈴が、安否を気遣う。しかし、こればかりは藤十も喜三郎も、皆目見当のつくことではなかった。

「まあ、心配することはないさ、美鈴……」

藤十の慰めは、自分自身にも語るところであった。六助を巻き込んだことにかなりの責を感じている。

「面目ない……」

捜索が進まぬと、喜三郎はただひたすらに謝るだけである。

心痛のまま、美鈴が左兵衛長屋を出たのは、それから半刻後のことであった。

七

翌日の昼ごろ——。
神田紺屋町の剣術道場誠真館に、漁師風の男が頭に鉢巻を巻いて、美鈴を訪ねてきていた。

「こちらに、美鈴さんというお方がおられますか……?」

稽古の中休みで、井戸端で体を拭いている門弟に漁師風の男が声をかけた。

「いるが、どちらさんかな?」

「へい、あっしは小網町に住む田助《たすけ》と申すものでして、ええ大川で蜆《しじみ》を獲ってるものでございます」

「田助さんというのか。今呼んでくるから、ここで待っててくれ」

「どうもすいません」

脱いだ稽古着に両腕を通し、門弟は道場の中へと入っていった。

六助のことが気にかかるが、やたら探し回ってもかえって危うくなると美鈴は動かず、その焦燥を剣術の稽古で紛らわせていた。

「次……」

木剣で、一人の籠手《こて》を打ち払った美鈴は稽古相手を別の者に求めた。今日の美鈴には敵わぬと、門弟が尻込みをしているところで田助の来訪を報せに門弟が戻ってきた。

「裏庭に田助という蜆獲りの男が、美鈴さんを訪ねてきておりますが」

「田助……覚えがないが」

木剣を門弟に渡し、美鈴は田助という男に会いに裏庭へと回った。

手ぬぐいで、額に浮き出た汗を拭きながら美鈴は田助の姿を認めると、稽古着の襟《えり》を正して声をかけた。

「田助さんですか？」

「へい……」

四十にはまだ手が届かないだろう。蜆漁を生業《なりわい》とする漁師の朴訥《ぼくとつ》さが滲み出るような男であった。

「美鈴と申しますが、どのようなご用件で？」

「へい、六助さんという方をごぞんじで？」

美鈴の問いに、田助の口からいきなり六助の名が飛び出した。

「えっ、六助をごぞんじなのですか？」

美鈴の驚きは、尋常ではなかった。その甲高《かんだか》い声が道場にも届き、何かありましたかと二、三人の門弟が駆け寄ってきた。

六助のことは、騒ぎになってはまずいと、養父である稲葉源内にも話してはいない。門弟にはなおさらである。

「いや、なんでもありません。稽古をつづけていなさい」

美鈴は冷静さを装い、門弟たちを下がらせた。

「して、六助は……？」

「はい、先だって……」

田助が経緯を話しはじめた。

おとといの夕方、田助が『鎧《よろい》ノ渡し』付近に泊めてある、自分のもち舟である蜆舟を動かそうとしたところ、艫《とも》のあたりに何かが引っかかっている。

それが人だと知ったときは驚いたが、土左衛門ではない。

気は失っているが、まだ脈もあるし、息もしている。

これはいけないと、仲間を呼んで田助の家へと運び込んだ。田助の家は代々蜆漁の長でもあり、漁師を束ねる家でもあった。そのため、家には門があり母屋は五間もある、漁師にしては広い家に住んでいた。

六助はその一間に寝かせられ、気を失ったまま二夜が過ぎた。田助の女房の献身的な介護もあり、六助が目を開けたのは一刻ほど前のことだったという。

「左様でございましたか」

美鈴の口から、ほーっと、なんともいえぬ安堵の声が漏れた。

「それからですが……」

田助の語りがつづく。

目を覚ましたあと、しばらくは口も利けなかったが、やがて『――六助』と自分の名を口に出す。重湯を与えるとすべて飲み干し、元気が少し出たか、息も絶え絶えに語りはじめたという。

『――神田紺屋町の剣術道場誠真館に美鈴様という、綺麗なお嬢さんがおります。その方に、あたしのことを伝えてくださいまし』

そう言って、六助は眠りに入ったという。

「へえ、それが今から半刻ほど前のことでして、急いで報せようと……」

「それはそれは……なんとお礼を申し上げてよいやら。田助さんとやら、わたくしがこれからまいりますがご一緒によろしいですか？」

「そりゃあ、もう……」

少し待っててくださいと田助に言い残し、美鈴は道場に入ると門弟に告げた。

「ちょっと出かけてきます」

「その恰好でですか？」

「急ぎますので……」

着替えるのも煩《わずら》わしい。

美鈴の形は、白の生地に格子の縫い目が入った稽古着に、茄子紺色の道場袴の出で立ちであった。素足に雪駄をつっかけ「さあ、行きましょう」と、田助に声をかけた。

行き先が小網町なら、藤十の住む住吉町の傍《そば》を通る。

美鈴は田助を伴い、藤十の宿に寄ることにした。


「ごめんください……まったく素直《すなお》に開かないわね、この戸は」

焦燥こもる女の声が藤十の耳に聞こえてきた。

「あれ、美鈴じゃないか？　入ってきな」

藤十は、腰を浮かして声を投げた。

ガタッと障子戸の外れる音がする。美鈴が力一杯開けたため、腰高障子の敷居を外れる音であった。

美鈴は外れた障子に頓着なく、中に声を投げた。

「藤十どの、おられますの？」

「ああ。ところで、そんなに慌てて何があった。それに、その恰好は？」

美鈴は、外に田助を待たせて中に入ると、三和土から藤十に向けて言った。

「六助が見つかりました」

「なんだって！　どこでだ？」

藤十が、長屋中にも轟《とどろ》くような驚きの声を上げた。

「そこにこれから行くのです。よかったら、一緒に来ていただけませんか？」

「ああ、もちろんだとも」

藤十は足力杖を担ぎ、すぐさま表へと出た。

「そうだ、佐七がいたな」

佐七は都合よくこの日も休みを取っていた。昨日よりもかなり体の塩梅《あんばい》はよくなっている。仕事に行くこともできたが、喜三郎が動くことも叶わなくなったため、何かあってはとこの日はさぼることにした。

「佐七、六助さんが……」

見つかったと藤十から聞くと、さっそく喜三郎に報せようと佐七はみはりを連れて左兵衛長屋をあとにした。

田助の案内で、藤十と美鈴は、六助のいる部屋へと導かれる。

寝入ってはいるが、命のある六助を見て美鈴は一筋の涙をこぼした。すーっと雫《しずく》が頰を伝わり、膝に置いた手の甲にぽとりと落ちた。

「……それにしても、これほど綺麗なお嬢さんが、剣術の師範代とは」

美鈴の、そんな様を目にした田助が誰にも聞こえぬほどの声で呟いた。

それから四半刻も経ったか、六助の目が開いた。

「……美鈴様」

声は小さくあったが、生気は取り戻している。六助の皺顔には血色が宿ってきていた。

「もう、ご安心でございますね。重湯ではお腹が空いてるでしょうから、お粥《かゆ》を作ってきますね」

田助の女房のおよしの声であった。近在から嫁いだのだろう、言葉は江戸の町娘の口調であった。

「申しわけございません」

礼を言ったのは、美鈴であった。

「美鈴様に、藤十さん……」

六助は、目だけを動かして藤十と美鈴の姿を認めた。

「よかったなあ、六助さん。いいお方に助けられて」

藤十が、六助の具合を見ながら言った。

「へい……」

力のない答えが返る。

気を取り戻したとは言っても、体に力を注ぐにはもう少しのときが必要であった。訊きたいことが沢山あったが、それはゆっくり聞こうと、藤十は逸る気持ちを押しとどめた。

「どこも怪我はしてないのか？」

美鈴が心配そうに、六助の顔をのぞきこんだ。

「へえ、傷は見当たりませんので、溺《おぼ》れていただけかと……」

田助が代わりとなって答えた。そして、もち舟の艫に引っかかっていたときの様子を、藤十と美鈴に向けて語った。

江戸橋近くの桟橋から何かの拍子で六助が川に落ちると、日本橋川から新堀と流れて小網町まで流されたのだろう。

「あんときはちょうど引き潮にあたりましたのでなあ、川の流れが速かったのが幸いしたのでしょうかねえ。普段は流れのほとんどない川ですから、とは言っても多少はあるけんど。もし、引き潮でなくて六助さんが泳げねえとしたら、途中で溺れ死んでいたはずでしょうなあ」

田助が、朴訥な口調で言った。

「そういえば、六助は金槌《かなづち》だと言ってたことがあった。そうですよねえ？　六助」

美鈴が、顔に笑みを浮かべて寝ている六助に話しかけた。

「ええ……」

と、照れた返事が六助の口から漏れた。

四半刻ほどしたか、およしが土鍋に粥を炊いて入ってきた。

「これを食べれば、もっと元気が出ます。蜆のいっぱい入ったお粥だから、おいしいですよう」

「そいつは滋養がありそうだ。俺も食いてえもんだ」

藤十が、意地汚そうにして言った。

蜆粥を食し滋養がついたか、六助は見る間に元気を取り戻していった。

蒲団から、上半身を起こし本来どおりに話ができるほど回復している。

「六助さんに、訊きたいことがたくさんありますが、だいじょうぶですか？」

藤十は、無理を承知でと断りを入れて聞き込みにかかった。

「ええ、あたしからも話したいことが……」

六助は言って、ふっと声音を落とした。

「おまえさん、あっちに行ってようではないかね」

「ああ、そうだな」

この先は、いては邪魔だろうと田助とおよしは気を利かせた。

「いったい何があったか、はじめから話してくれませんか」

「あたしが三年堂に行って……」

六助とお佐代が語った内容からまずは入った。

「……そんなんで、侍と一緒に出かける職人てのが怪しいと思い、あとをつけました」

体力がもち直したとはいえ、長い話は疲れる。六助は、休みを取ろうと言葉を一旦置いた。

そして、再び語りはじめる。

「江戸橋の桟橋につけていた猪牙舟に二人は乗ると、船頭は大川のほうに漕いでいきました。あたしは先に『一刻ほど出かけてくる』と聞いてますので、その場で待つことにしました。ええ、奴が戻ったときに話を聞こうと……」

「それで、一刻ほど待ったのですね」

「ええ、そしておおよそ一刻後……」

暮れかかる川沿いは、人の喧騒は途絶えている。

猪牙舟で戻ってきた職人に六助は桟橋の上で声をかけた。

「――三年堂の仙吉さんですね？」

「えっ？　俺は……」

職人の怪訝そうな顔が向いた。

義憤を感じている六助は、ここで一歩を踏み出してしまった。

「さっき一緒に猪牙舟に乗ってたのは、寺社奉行所のお役人さんでは……？」

「なんであんたがそんなことを？」

見る間に男の顔色が変わっていくのが六助にも分かる。

「図星だな。あんた、寺社奉行所とつるんで三年堂をどうにかしようとしているな。

八衛門さんの恩を裏切り、まさか殺しまで……」

言ったところで、男の形相《ぎょうそう》が見る間に変わった。

職人を乗せてきた猪牙舟は、すでに桟橋を遠のいている。

「あんた、いったい誰だい？　余計な詮索はしないほうが身のためだぜ」

「いや、奉行所の役人だって、もうあんたの裏はつかんでいる」

六助は、観念させようと奉行所の名を出した。鎌をかけるつもりだったのだが。

「なんだと！」

六助が言った瞬間、男は阿修羅《あしゅら》の形相になり——。

「あたしが覚えてるのはそこまでで、衝撃を感じるとそこは川の中。生憎あたしは泳げないものでして……」

もがいている間に、引き潮に乗ったのだろう。

六助の話はここで止まった。

「そうでしたか。ですが六助さんは大変な勘違いをなされています。その三年堂の職人ていうのは、仙吉ではなく加介という男です。仙吉より二歳ほど上ですから、同じ齢に見えたのでしょう。ちょうど刻を同じくして、佐七が下屋敷で加介を見ているのです」

「なんですって？　それじゃあたしは余計なことを。お佐代さんの話から、てっきり仙吉だとばかり……なんてこった」

「はい、助かってよかったです。ですが、おかげさまで裏づけが取れました」

「それじゃ、お役に立ちましたので？」

「はい。佐七といい六助さんといい、命を投げ出してまで尽くしてくれたことを、本当にありがたく思ってます」

六助の体が元通りになるにはもう一晩必要だろうと、美鈴は田助とおよしに面倒を頼み藤十と共に小網町をあとにした。

帰りの道すがらの会話である。

「奉行所に圧力がかかったのは、六助のことからだったのですね？」

「いや、それればかりではないだろうが」

「ればかりではないと申しますと？」

「以前に俺を襲った刺客の一件も……」

寺社奉行所の差し金だろうと、藤十はそのときのことを思い出しながら言った。

「それはともかく、いろいろなことで加介がつなぎを取ったのだろう。その相手というのはさしずめ……」

「小検使役の富田か山咲堂の主を通してってことですね。その密談を昨日佐七さんが聞いてしまった」

「佐七が聞いていたのも知らず、町奉行所へと出向いたのだろう」

これで、一つにつながったと藤十は思った。

「夕方、親父様のところに行って、いかりやのことを頼んでこよう」

「そういたしましょうか」

日本橋川と東堀留川の合流に架かる思案橋の手前まで来たところでの会話であった。

八

左兵衛長屋に戻ると、佐七は戻っていた。

「うまく行きましたぜ。ええ、みはりを獄舎の中でうろちょろさせましたら、すぐに旦那が出てきやした。六助さんが助かったと言いやしたら、大層喜びまして……」

「そいつはよかった」

「それでです、明日はさっそく非番なので、外に出られると。与力の梶山様に感謝するとか言ってましたが、どんな意味なんでしょうかねえ」

「そういうことか」

藤十は、佐七の話を聞いてつぶさに察した。美鈴は意味がとれず、首を傾げている。

「与力の梶山様はな、あえていかりやを牢屋同心にしたんだ。奉行所内の内勤だと動きも取れんし、囚獄だったらある程度……なるほどなあ、苦肉の策か」

さすが、与力の手腕と敬服する思いとなった。

「ならば、今日のところはいいか、美鈴……」

「そのようですねえ」

「なんですかい、今日のところはってのは……？」

佐七が、訝しそうに訊いた。

「昨日話しただろ、いかりやのことを頼みに行くって。すぐにはその必要がなくなったってことだ。ところで佐七のほうはどうなんだ？」

「どうなんだって申しますと？」

「植松の仕事のほうだよ」

「それでしたら、気を使うことはありませんや。あと二、三日は……」

休んでもいいと佐七は言う。どうせ、いたっていなくたって同じだろうと添える。

本当に嫌な仕事なんだろうなあと、藤十はつくづくと思った。

——待てよ。

藤十は、ずる休みを決め込む佐七を見ながら思った。

「佐七には悪いが明日からまた入ってもらって……」

そこまで言うと、佐七の端整な顔が露骨なほど歪んだ。

「明日からですかあ、それはまたなぜ……?」

「大検使役の時任と小検使役の富田が、下屋敷に一緒にいるところをとっ捕まえたいんだ。そんなんで……」

「それでしたら、探ることもございやせんや。あと四、五日で庭の整地は済みやす。それからは、植松の仕事は上屋敷に移りやすが、そのとき必ず検分に二人は来ると思いやす。そんときは、言いなりになっている取り巻きも一緒ですから、これは一網打《いちもうだ》尽《じん》に……」

「ああ、その手があったか」

藤十は、ひとしきり佐七の案に感心した。

藤十はそのときを、植松の普請終了の引渡しのときと踏んだ。

踏み込みのときを、勝清に報せねばならない。そのときが決まったら報せろと言われているからだ。

「やはり……」

藤十の顔が美鈴に向いた。

「今夕、わたしがまいりましょう」

美鈴がそれに応える。


その翌日の朝。

非番で八丁堀の役宅にいた喜三郎に、南町奉行所の与力である梶山から呼び出しがかかった。

喜三郎は、朝五ツ半ごろに奉行所に着き与力の梶山と面談した。

「今日は非番であるか。となれば、一日だけの牢屋役人であったな」

梶山が笑いながら言う。

「えっ、いったいどういうことで？」

「明日から、元のとおり定町廻り同心で、その腕を振るってもらいたい。囚獄の中にあっちゃ、動くのも動きづらいだろうからな」

「それでは……？」

「ああ、お奉行様からの達しで、遠慮なくやれってことだ」

たった一日で、牢屋役人から解放された。喜ぶよりも、いったいどうなっているのだとの、疑念が先に立つ喜三郎であった。

「それでは頼むぞ」

と言い残し、梶山は先に部屋から出ていった。一人残った喜三郎は、腕を組んで考える。

「……やはり、あるお方か？　いや、詮索せぬことにしよう」

藤十があるお方に相談すれば、いつもことはよい方に回る。となれば、それに越したことはないと、喜三郎は定町廻り同心への帰還を素直に喜ぶことにした。

喜三郎は腰を上げると、同心部屋に顔を出した。

「明日からまたよろしくお願いします」

おとといは『みなさんお達者で……』と言って去った男が、舌の根も乾かぬうちに戻ってきた。同僚である同心たちの、白《しら》けた面々がそこにあった。

この日は非番である。奉行所から出た喜三郎は、その足を藤十のところに向けた。

「よかったなあ、牢屋から解放されて……」

「ああ、なんだか知らねえが元に戻れだとよ。それにしても、六助さんはよかったなあ」

「そこで、六助さんの話なんだがな」

藤十は、ひとしきり六助から聞き出した話を、喜三郎に語った。

「その加介って職人に突き落とされたんだな。だったら、さっそくひっ捕まえて……」

「いや、いかりやちょっと待て。あと三、四日で庭の整地は終わる。そのときと踏んでるんだ。奴を捕まえて吐かすのは、その前の日でいいんじゃねえか。加介が捕まったのを知ったら……」

「奴らは……」

「おそらく、証拠をもみ消しにかかって逃れることを考えるだろうよ。おそらくうしろに、黒幕みたいなのがついてるからな。不正で作るでかい金は、大方そっちに渡るのだろうが……。それはともかく、加介が手引きをしたとどんなに喚《わめ》いても、そんなのは遠吠えにしかならない。八衛門さん殺しと六助さんの殺し未遂としては挙げることができるだろうがな。そういう意味では、大切な生き証人だ」

「だが、俺が案じるのはその前に……」

山咲堂の主助左衛門《すけざえもん》と加介の身が危ないのではと、喜三郎が言った。

「蜥蜴《とかげ》のしっぽ切りか？　だが、消されることはないと思う。というのは、寺社奉行所の役人だって、これ以上事件を増やしたくないはずだ。八衛門さん殺しだって、うろたえたはずだぜ。遺体を引き取り、病死と判定させたのもそんな気持ちの裏返しだ。それと、まだまだ加介にはやってもらうことがあるはずだしな。たとえば、八色刷りの技を伝授するとか……」

「よし分かった。だが、何かあったらいけないから浅吉親分にそれとなく見張らせよう」

「ああ、そうしとけば間違いないだろう」

これで、段取りは決まった。


「ところで佐七はどうした？　いねえようだが……」

「ああ、今朝からまた現場に入った」

「なんだか二、三日休めるって喜んでたが」

「きのう、伝馬町にいるいかりやのところに行っただろ。その間に、植松の職人が様子を見に来てな……」

「なんだか、悪いことをしちまったみてえだな」

「仕方ねえよ。それもあと三、四日の我慢だ」

「三、四日の我慢はいいけど、日にちははっきりさせてもらいてえな」

「それがなんとも。あっ、ちょっと待て。植松の親方なら分かるかもしれねえ。これから行ってみるか？」

さっそくとばかり、藤十と喜三郎は長谷川町の三光稲荷近くにある植松の親方のところに向かった。

親方は、仕事の差配をするだけで現場には向かわない。現場の指揮は、現場親方というのが指揮をとる。

「あの普請だったら、明後日には終わるよ。みんな一所懸命に精を出してくれたおかげでな、早く片がついた。そして、一日ほど休みを取って……」

植松の親方は、仕事が順調に捗《はかど》っているのか上機嫌に語ってくれる。

「休みのほうはいいんですが、普請完了の見届けはどなたが来て……」

「ああ、それならば大検使役様と、小検使役様に立ち合ってもらいます」

「時任様と富田様ってことですか？」

「ええ、よくごぞんじで」

植松の親方は頓着なく答えてくれる。それだけ、藤十を信頼していた。

「それで、仕事の見届けってのはいつ刻ごろに……？」

「そうだなあ、全部道具などを片づけてから七ツ半てところかな」

「職人はみんな残ってるので？」

「いや、大方は引き取ってもらう。疲れてるだろうしな。こっちで立ち会うのは、俺と現場親方、それと主だった職人が二、三人だ」

「その中に、佐七は？」

「いたってしょうがねえだろう。あんな腹下《はらくだ》しは……」

今回の件では、佐七はあまりよく思われていないようだ。ここまで聞けばもういい。

邪魔をしましたと、挨拶を残して藤十と喜三郎は植松のところをあとにした。

岡っ引きの浅吉親分と渡りをつけるため、喜三郎は堀留町へと向かった。ここに堀留の浅吉親分と呼ばれる手下の住処《すみか》がある。

喜三郎と別れた藤十は、自分の宿に戻ったところ木戸の前で向こうから歩いてくる美鈴と六助に、偶然にも出会った。

六助を、小網町の田助のところに迎えに行った帰りであった。藤十のところに寄り、挨拶をしてから紺屋町の誠真館に戻るつもりだったと言う。

「本当によかった、よかった」

元の姿に戻った六助をみて、災《わざわ》いをもたらした一人として感極まる思いの藤十であった。

「ちょうどよかった。美鈴にも話があった、少しばかり寄っていかないか」

「分かりました。ちょっと寄りましょうか」

座蒲団のない磨り減った畳の上に、美鈴と六助を座らす。

「大検使役と小検使役の成敗は、あさってだ。夕刻七ツ半ごろ……」

植松の親方に聞いてきたことを、美鈴に向けて語った。

「分かりました」

美鈴の、力強い返事があった。

「それで、親方たちが引き上げたところで俺たちが中に入る。ああ、喜三郎も一緒だ」

「佐七さんは？」

「ああ、佐七にはやってもらいたいことがある。それで六助さん……」

段取りを美鈴に話し、藤十の顔は六助に向いた。

「これで、三年堂さんは仙吉という職人を跡取りにして、安泰となるでしょう。それと、八衛門さんを死に追いやった同業の山咲堂の主助左衛門と手を下した職人の加介は、明日喜三郎の手でお縄になる。明日一晩、痛め吟味《ぎんみ》にかけて洗いざらい吐き出させるが、六助さんの意趣返しは、これで勘弁いただけますか？」

「ええ。こっちも出すぎてしまったのが間違いですんで……」

あとは任すと、六助は言った。

九

そして、さらに翌日——。

西に日が傾き、夕暮れが迫ってきている。

猪牙舟でもって藤十と喜三郎、そして美鈴は、仙台堀近くの水島藩土山家の下屋敷へと赴いた。舟で来たというのも、前日に捕らえておいた山咲堂の主助左衛門と三年堂の加介を護送するためでもあった。縄が目立たぬように喜三郎が引き連れている。

五人は、植松の親方たちが出てくるのを、塀の外で待っていた。

普請完了の見届けを済ませ、親方たちが出てきてからが藤十たちの出番であった。

「遅えな……」

喜三郎が焦れるように言った。

夕七ツ半はとうに過ぎている。間もなく暮六ツとなり日が暮れてしまう。なんとか、暗くなる前に決着をつけたかった。

「こんなことはそうすんなりと、手際よく……おっ、出てきた」

もの陰に隠れ、裏のくぐり戸から出てきた植松の親方たちをやり過ごす。

五人の職人たちが、一仕事終えたとの満足気な顔して堀のほうへと向かう。

「今日は特別、舟を用意してあらあ」

植松の親方の声が聞こえた。職人たちへの、せめてもの労《ねぎら》いなのであろう。

「早くしないと……」

美鈴が急かしたところでくぐり戸が閉じられ、閂《かんぬき》がかけられた音が聞こえた。

「戸が閉められましたが……」

どうやって中に入るのかと怪訝な顔をして、美鈴が藤十に問うた。

「ちょっと待ってな」

しばらく待つと、くぐり戸が幾分開いて小犬が中から出てきた。

「よし、みはりが出てきた」

「みはりって……？」

美鈴はこの段取りを聞いていない。

「ああ、そうか……」

佐七にやってもらいたいと言ってたことはこのことだったのかと、今にして気づく美鈴であった。

佐七とみはりだけ、この機を待って縁の下に隠れていたのである。

「こっちです……」

中に入ってきた藤十たちを、小声で手招きをする。藤十たちはそっと屋敷の近くに忍び寄った。

助左衛門と加介には猿轡《さるぐつわ》をあてがい、声を出せぬようにさせてある。

大検使役の時任と小検使役の富田との話が聞こえるまで近づくと、そっと耳を寄せた。

「山咲堂たちは遅いな」

庭の見届けが終わったあと、集まる予定であったらしい。

そこまで聞いて喜三郎は、二人の猿轡を取り、そして縄を解いた。

「さあ、入っていきな」

よろよろとよろめき、二人は時任と富田のいる部屋の源氏襖を開けた。

「遅いじゃないか」

同時に富田の叱咤が聞こえる。

「大検使役様……」

　助左衛門が泣き声を発したと同時であった。

「あんたらの阿漕《あこぎ》は全部ばれてるぜ。富籔にかこつけ、不正を働き私腹を肥やすなんてふてえ了見《りょうけん》だ。しかも、人まで殺めてやがる。もう勘弁できねえから、覚悟しやがれ」

　正宗が仕込まれた足力杖を肩に担ぎ、藤十は啖呵《たんか》を吐いた。こんなときの藤十は、言葉も伝法なものとなる。

「誰だ、こいつらは？」

　時任が目をつり上げて、大声を発した。

「この形《なり》をみて分からねえかい？」

「お前は町方？　きさま、ここをどこだと思っている」

　富田が、喜三郎に向けて唸《うな》り飛ばした。

「ああ、そうだ。町方であってもおめえらをつるし上げに来た。もう、みんなそこの二人がくっちゃべってるぜ。悪いことはできねえよなあ……」

「もういい、富田。こやつらを成敗せい」

「成敗とはこっちの台詞よ。抗うと痛い目にあうぜ」

藤十のもの言いに、相手から返る言葉はなかった。

「出会え、であえいー」

甲高い声で、富田が家来たちに呼びかけた。声を聞きつけ、十人ほどの手下たちがおっとり刀で駆けつけてきた。

「この者たちは水島藩に盾突く不穏な輩。遠慮せんでいいから斬り捨てい」

時任の号令一下のもと、手下十人の段平《だんびら》が抜かれた。

「俺を襲った刺客の三人もこの中にいるのだろう。だが美鈴、斬るのではないぞ」

「心得ております」

美鈴は鞘から刀を抜くと、裏返してもの打ちを天に向けた。棟で打とうとの構えである。喜三郎も一竿子を抜いて、同じ構えを取った。

藤十は、仕込みの刀を抜かずに身構える。右の手で脇あてをつかみ、左の手は一尺ほど下についている取っ手に添えて、鉄鐺の先を相手の鼻先に向ける。自ら名乗る『松葉八双流』の、正眼の構えである。

三人はまず、手下の十人を散らそうと、相手の攻撃を待たずに仕掛けた。

「やぁー」

まずは美鈴が、甲高い声を発して足を一歩前に送った。同時に一人の刃が吹っ飛ぶと、体を床につっぷした。返す刀で、もう一人の胴を払う。

二人倒れるのは、ほんの一瞬の出来事であった。

藤十と喜三郎は、美鈴より一歩遅れをとって、手下たちに向かっていった。

三人の手にかかれば、十人はものの数ではない。四部屋に亘《わた》って襖、障子は破れ引き裂かれ、畳の上では、大検使役の時任と小検使役の富田に仕える手下たちがもんどりうって苦しがっている。

「痛みは今夜中に引けるだろうよ。あとのことは知らないけどな……」

藤十が含む言葉を手下たちに投げた。すると、そのときであった。

「おい、この者たちが……」

大検使役の時任が山咲堂の助左衛門を、そして小検使役の富田が三年堂の職人加介を羽交い絞めにし、脇差の刃を首根っこあたりにあてている。

「この者たちがいなくなれば、証しも消えるぞ」

時任が、苦し紛れの抗いを見せた。

「往生際《おうじょうぎわ》の悪い野郎たちだ」

身分などかかわりない。藤十はただ、外道を相手にするだけだ。

「町人であっても、一緒に悪事をなそうとしていた仲間でさえも、そこまで利用なさるんかい。卑劣《ひれつ》な奴らだ」

言いながら、藤十はすきをうかがった。町人など虫けらとも思わない輩である。本当に、二人の首を刎《は》ねかねない状況であった。すでに脇差の刃は首の肌に食い込んでいる。さっと引けば、頸動脈《けいどうみゃく》を斬り血が噴き出すことだろう。

そのとき、藤十の目に美鈴の姿が入った。いつの間にか相手のうしろに回って、機会をうかがっている。

「刀を捨てろ」

時任の号令がかかる。大事な生き証人を殺してはならずと、喜三郎が一竿子の抜き身を畳の上に捨て放った。

藤十も、足力杖の鐺を下に向け脇あてをあてて、普段の足力杖に戻した。

そのとき、相手の背後にいた美鈴は、廊下の板間に刀を放り投げた。ガシャンと大きな音に、時任と富田の首がうしろに向いた。

「……今だ」

藤十は二歩繰り出して、足力杖の鉄鐺を富田の横面にあてた。ベキッと、頬骨の砕《くだ》けた音がした。口からおびただしい血を吐き富田は畳の上につっぷした。奥歯が二本ほど抜けて、血の中に混じっている。

これに怯《ひる》んだか、時任の力が抜け山咲堂の助左衛門が自力で逃れている。

「くそっ」

時任は苦し紛れに、藤十が繰り出していた足力杖の先端を握っている。

鐺からおよそ三尺までは、銘刀正宗の脇差でこしらえられた仕込みを収めておく、鞘である。時任は、その抜ける部分に手をかけていた。

藤十は足力杖を幾分捻り、鯉口《こいぐち》を切った。そして、おもむろに引く。時任の手に鞘が残り、仕込み正宗の抜き身が光った。

驚く時任を気にもかけず、藤十は正宗の切先を鼻先に向けた。うしろ足を引きずる時任が、畳につっぷす富田につまずき尻餅をついた瞬間であった。

藤十から繰り出された正宗の刃は、時任の髷を捕らえていた。元結《もつとい》が切れ、ざんばら髪となった。武士として、これほどの屈辱《くつじよく》はない。

「あんたには、もっと痛《いて》えことが待っている。ざまあみやがれ」

捨て台詞を吐くと、藤十は正宗の刃を収めて時任の腹にあて身をくれた。

「これで、俺たちの役目は終わった」

苦痛で動けぬ時任と富田、そして取り巻きの家臣たちをそのままにして　藤十たちは外へと出た。

水島藩の江戸家老を筆頭に、家臣たち二十人ほどが駆けつけてきたのは、それから間もなくのことであった。

美鈴から決行のときを聞いた老中板倉勝清が、水島藩藩主土山備前守に経緯を話し、手配をしていたのである。

そのとき水路にある猪牙舟の上には、船頭は含めず六人の人影と、一匹の小犬の影があった。その内の、二人の人影はこれから奉行所の白洲にかけられる助左衛門と加介の、萎《しお》れた姿が薄明りの残る水面に映っている。

「加介は、八衛門さんの胸から血を流さず刺すことができるほどの腕をもっているのになあ……」

萎れる加介に藤十が話しかけた。

「いや、だからこそ八衛門さんを殺しちまった。何で、俺でなく仙吉なんだと……。そんな恨みがあった加介に近づいたのが、山咲屋助左衛門ってことだ。それを大検使役の時任、小検使役の富田に話し……」

番屋の吟味で加介と助左衛門が吐いたことを、代わりに喜三郎が言った。

あの日の朝、富田が猪牙舟に乗って八衛門を下屋敷まで連れて行くことを知っていた加介はあとをつけていき、仙吉がいなくなったところで八衛門に問うた。

「──なぜに仙吉を跡取りに……？」

選んだのかと、詰め寄るためであった。

「なんのことだ？」

なぜ分かったのかと、不思議な目で見やった。

「女将さんと話を……」

「そうだったのか。それにしてもおまえ、こんなところで何をしているのだ？」

「旦那様に……」

言って加介は懐から先の尖った、鋭い剣先を取り出すと胸を目がけて刺した。そして、柄を抜き取る。六助が、以前に見たのと同じ手口であった。

二十数年前、自分が犯した罪の因果を八衛門は辿った。そのとき、殺された男には乳呑児があった。後年、父親の死にざまを誰かから聞いたのだろう。

加介が、人の目が届かぬところで、血を流さずに人を殺める修行をはじめたのは、それからのことであった。

「そうだったな、加介？」

喜三郎の問いに、うつむきながら加介は小さなうなずきを見せた。

ざまあみやがれ

一〇〇字書評

切り取り線

購買動機（新聞、雑誌名を記入するか、あるいは○をつけてください）	
□（　　　　　）の広告を見て	
□（　　　　　）の書評を見て	
□ 知人のすすめで	□ タイトルに惹かれて
□ カバーが良かったから	□ 内容が面白そうだから
□ 好きな作家だから	□ 好きな分野の本だから

・最近、最も感銘を受けた作品名をお書き下さい

・あなたのお好きな作家名をお書き下さい

・その他、ご要望がありましたらお書き下さい

住所	〒				
氏名		職業		年齢	
Eメール	※携帯には配信できません	新刊情報等のメール配信を 希望する・しない			

この本の感想を、編集部までお寄せいただけたらありがたく存じます。今後の企画の参考にさせていただきます。Eメールでも結構です。

いただいた「一〇〇字書評」は、新聞・雑誌等に紹介させていただくことがあります。その場合はお礼として特製図書カードを差し上げます。

前ページの原稿用紙に書評をお書きの上、切り取り、左記までお送り下さい。宛先の住所は不要です。

なお、ご記入いただいたお名前、ご住所等は、書評紹介の事前了解、謝礼のお届けのためだけに利用し、そのほかの目的のために利用することはありません。

〒一〇一－八七〇一
祥伝社文庫編集長　坂口芳和
電話　〇三（三二六五）二〇八〇

祥伝社ホームページの「ブックレビュー」からも、書き込めます。

http://www.shodensha.co.jp/bookreview/

祥伝社文庫

ざまあみやがれ　仕《し》込《こ》み正宗《まさむね》

平成23年10月20日　初版第1刷発行

著　者　沖田正午《おきだしょうご》
発行者　竹内和芳
発行所　祥伝社《しょうでんしゃ》
東京都千代田区神田神保町3-3
〒101-8701
電話　03（3265）2081（販売部）
電話　03（3265）2080（編集部）
電話　03（3265）3622（業務部）
http://www.shodensha.co.jp/

印刷所　堀内印刷
製本所　ナショナル製本
カバーフォーマットデザイン　中原達治

本書の無断複写は著作権法上での例外を除き禁じられています。また、代行業者など購入者以外の第三者による電子データ化及び電子書籍化は、たとえ個人や家庭内での利用でも著作権法違反です。
造本には十分注意しておりますが、万一、落丁・乱丁などの不良品がありましたら、「業務部」あてにお送り下さい。送料小社負担にてお取り替えいたします。ただし、古書店で購入されたものについてはお取り替え出来ません。

Printed in Japan ©2011, Shōgo Okida ISBN978-4-396-33720-9 C0193

祥伝社文庫の好評既刊

沖田正午
仕込み正宗
凶悪な盗賊団、そして商家を標的にした卑劣な事件。藤十郎は怒りの正宗を振るい、そして悪を裁く！

沖田正午
覚悟しやがれ 仕込み正宗②
踏孔師《たんし》・藤十、南町同心・碇谷、元邯《かん》鄲師・佐七、子犬のみはり――。魅力的な登場人物が光る熱血捕物帖！

井川香四郎
秘する花 刀剣目利き 神楽坂咲花堂①
神楽坂の三日月での女の死。刀剣鑑定師・上条《かみじょう》綸太郎は女の死に疑念を抱く。綸太郎の鋭い目が真贋を見抜く！

井川香四郎
御赦免花《ごしやめん》 刀剣目利き 神楽坂咲花堂②
神楽坂咲花堂に盗賊が入った。同夜、豪商も襲い主人や手代ら八名を惨殺。同一犯なのか？ 綸太郎は違和感を…。

井川香四郎
百鬼の涙 刀剣目利き 神楽坂咲花堂③
大店の子が神隠しに遭う事件が続出するなか、妖怪図を飾ると子供が帰ってくるという噂が。いったいなぜ？

井川香四郎
未練坂 刀剣目利き 神楽坂咲花堂④
剣を極めた老武士の奇妙な行動。上条綸太郎は、その行動に十五年前の悲劇の真相が隠されているのを知る。

祥伝社文庫の好評既刊

井川香四郎　**恋芽《めぶ》吹き**　刀剣目利き 神楽坂咲花堂⑤

咲花堂に持ち込まれた童女の絵。元の持主を探す綸太郎を尾行する浪人の影。やがてその侍が殺されて…。

井川香四郎　**あわせ鏡**　刀剣目利き 神楽坂咲花堂⑥

出会い頭に女とぶつかり、瀬戸黒の名器を割ってしまった咲花堂の番頭峰吉。それから不思議な因縁が…。

井川香四郎　**千年の桜**　刀剣目利き 神楽坂咲花堂⑦

笛の音に導かれて咲花堂を訪れた娘はある若者と出会った…。人の世のはかなさと宿縁を描く上条綸太郎事件帖。

井川香四郎　**閻魔の刀**　刀剣目利き 神楽坂咲花堂⑧

「法で裁けぬ者は閻魔が裁く」閻魔裁きの正体、そして綸太郎に突きつけられる血の因縁とは？

井川香四郎　**写し絵**　刀剣目利き 神楽坂咲花堂⑨

名品の壺に、なぜ偽の鑑定書が？ 上条綸太郎は、事件の裏に香取藩の重大な機密が隠されていることを見抜く！

井川香四郎　**鬼神の一刀**　刀剣目利き 神楽坂咲花堂⑩

辻斬りの得物は上条家三種の神器の一つ、〝宝刀・小烏丸〟では？ 綸太郎と老中の攻防の行方は…。

祥伝社文庫の好評既刊

井川香四郎　**鬼縛り**　天下泰平かぶき旅

その名は天下泰平。財宝の絵図を片手に東海道を西へ。お宝探しに人助け、波瀾万丈の道中やいかに？

井川香四郎　**おかげ参り**　天下泰平かぶき旅

財宝を求め、伊勢を目指す泰平。遠江《とおとうみ》国では満月の夜、娘を天神様に捧げる掟が……。泰平が隠された謀《はかりごと》を暴く！

今井絵美子　**夢おくり**　便り屋お葉日月抄

「おかっしゃい」持ち前の侠な心意気で邪な思惑を蹴散らした元芸者・お葉。だが、そこに新たな騒動が！

今井絵美子　**泣きぼくろ**　便り屋お葉日月抄②

父と弟を喪ったおてるを励ますため、お葉は彼女の母に文を送るが、そこに新たな悲報が……。

岳　真也　**捕物犬金剛丸**　深川門仲ものがたり

深川を舞台に、名犬が活躍する異色の捕物帖！　すべての犬（猫も）好きの歴男歴女に捧ぐ！

風野真知雄　**勝小吉事件帖**

勝海舟の父、最強にして最低の親ばか小吉が座敷牢から難事件をバッタバッタと解決する。

祥伝社文庫の好評既刊

辻堂 魁

風の市兵衛

さすらいの渡り用人、唐木市兵衛。心中事件に隠されていた奸計とは？〝風の剣〟を振るう市兵衛に瞠目！

辻堂 魁

雷神 風の市兵衛②

豪商と名門大名の陰謀で、窮地に陥った内藤新宿の老舗。そこに現れたのは〝算盤侍〟の唐木市兵衛だった。

辻堂 魁

帰り船 風の市兵衛③

またたく間に第三弾！「深い読み心地をあたえてくれる絆のドラマ」と小椰治宣氏絶賛の〝算盤侍〟の活躍譚！

辻堂 魁

月夜行 風の市兵衛④

狙われた姫君を護れ！　潜伏先の等々力・満願寺に殺到する刺客たち。市兵衛は、風の剣を振るい敵を蹴散らす！

早見 俊

賄賂《まいない》千両

借り受けた千両は、なんと賄賂金。善次郎は、町奉行、札差、さらに依頼主の旗本にまで追われることに！

早見 俊

三日月検校《みかづきけんぎょう》 蔵宿師善次郎

大の人情家の蔵宿《くらやど》師、紅月《あかつき》善次郎が札《ふだ》差《さし》十文字屋に乗り込む！　人気シリーズ第二弾。

祥伝社文庫の好評既刊

藤井邦夫　素浪人稼業

神道無念流の日雇い萬稼業・矢吹平八郎。ある日お供を引き受けたご隠居が、浪人風の男に襲われたが…。

藤井邦夫　にせ契り　素浪人稼業②

人助けと萬稼業、その日暮らしの素浪人・矢吹平八郎が、神道無念流の剣をふるい腹黒い奴らを一刀両断！

藤井邦夫　逃れ者　素浪人稼業③

長屋に暮らし、日雇い仕事で食いつなぐ、萬稼業の素浪人・矢吹平八郎。貧しさに負けず義を貫く！

藤井邦夫　蔵法師　素浪人稼業④

平八郎と娘との間に生まれる絆。それが無残にも破られたとき、平八郎が立つ！

藤井邦夫　命《いのち》懸《が》け　素浪人稼業⑤

届け物をするだけで一分の給金。金に釣られて引き受けた平八郎は襲撃を受け…。絶好調の第五弾！

藤井邦夫　破れ傘　素浪人稼業⑥

頼まれた仕事は、母親と赤ん坊の家族になること？　だが、その母子の命を狙う何者かが現われ……。充実の第六弾！

祥伝社文庫の好評既刊

藤井邦夫　死に神　素浪人稼業⑦

死に神に取り憑かれた若旦那を守って欲しい!?　突拍子もない依頼に平八郎は……。心温める人情時代第七弾！

藤原緋沙子　恋椿　橋廻り同心・平七郎控①

橋上に芽生える愛、終わる命…橋廻り同心平七郎と瓦版女主人おこうの人情味溢れる江戸橋づくし物語。

藤原緋沙子　火の華《はな》　橋廻り同心・平七郎控②

江戸の橋を預かる橋廻り同心・平七郎が、剣と人情をもって悪を裁くさまを、繊細な筆致で描くシリーズ第二弾。

藤原緋沙子　雪舞い　橋廻り同心・平七郎控③

雲母《きらず》橋・千鳥《ちどり》橋・思案《しあん》橋・今戸《いまど》橋。橋廻り同心・平七郎の人情裁きが冴えわたる好評シリーズ第三弾。

藤原緋沙子　夕《ゆ》立《だ》ち　橋廻り同心・平七郎控④

人生模様が交差する江戸の橋を預かる、北町奉行所橋廻り同心・平七郎の人情裁き。好評シリーズ第四弾。

藤原緋沙子　冬萌え　橋廻り同心・平七郎控⑤

泥棒捕縛に手柄の娘の秘密。高利貸しの優しい顔――橋の上での人生の悲喜こもごも。人気シリーズ第五弾。

祥伝社文庫　今月の新刊

西村京太郎　**十津川警部の挑戦（上・下）**
十津川、捜査の鬼と化す。西村ミステリーの金字塔！

原　宏一　**東京箱庭鉄道**
28歳、知識も技術ない〝おれ〟が鉄道を敷くことに⁉

南　英男　**裏支配**　警視庁特命遊撃班
大胆で残忍な犯行を重ねる謎の組織に、遊撃班が食らいつく。

渡辺裕之　**殺戮《さつりく》の残香**　傭兵代理店
米・露の二大謀略機関を敵に回し、壮絶な戦いが始まる！

太田靖之　**渡り医師犬童《けんどう》**
現代産科医療の現実を抉る医療サスペンス。

鳥羽　亮　**右京烈剣**　闇の用心棒
夜盗が跋扈するなか、殺し人にして義理の親子の命運は？

辻堂　魁　**天空の鷹《たか》**　風の市兵衛
話題沸騰！　賞賛の声、続々！「まさに時代が求めたヒーロー」

小杉健治　**夏炎《かえん》**　風烈回り与力・青柳剣一郎
自棄になった科人を改心させた謎の〝羅宇屋〟の正体とは？

野口　卓　**獺祭《だっさい》**　軍鶏《しゃも》侍
「ものが違う。これぞ剣豪小説！」弟子を育て、人を見守る生き様。

睦月影郎　**うるほひ指南**
知りたくても知り得なかった女体の秘密がそこに⁉

沖田正午　**ざまあみやがれ**　仕込み正宗
壱等賞金一万両の富籤を巡る悪だくみを討て！